Mi nombre es Malarrosa

Mi nombre es Malarrosa

Hernán Rivera Letelier

ALFAGUARA

© 2008, **Hernán Rivera Letelier**
c/o Guillermo Schavelzon & Asoc. Agencia Literaria
info@schavelzon.com
© De esta edición:
2008, **Aguilar Chilena de Ediciones S.A.**
Dr. Aníbal Ariztía 1444
Providencia, Santiago de Chile
Tel. (56 2) 384 30 00
Fax (56 2) 384 30 60
www.alfaguara.com

ISBN: 978-956-239-582-3
Inscripción N° 171.036
Impreso en Chile - Printed in Chile
Primera edición: junio 2008
Cuarta edición: junio 2010

Diseño de Portada:
Ricardo Alarcón Klaussen sobre *De regreso a la pampa,* de Manuel Ossandón

Diseño:
Proyecto de Enric Satué

Como un prodigioso espejismo en el desierto el tren atraviesa el mediodía arrastrando un vocinglero cargamento de pájaros; livianas jaulas de mimbre atiborradas de alondras, jilgueros, loicas, zorzales, bandurrias, canarios, diucas, chincoles y de un cuanto hay de pájaros cantores al sur de la patria; cientos de aves de todos los plumajes y colores que en una alucinante algarabía de trinos y gorjeos cruzan, a treinta kilómetros por hora, el paisaje más árido del mundo.

«Es un enganche de pájaros», dicen los viejos, aludiendo a esos hatos de campesinos arreados periódicamente desde el sur del país con la promesa ilusoria de que en las salitreras el dinero se cosecha a ras de suelo.

A la esposa del administrador de una oficina se le antojó tener una pajarera gigante en sus jardines. La dama ya contaba con piscina, cancha de tenis, plantas, flores; ahora quería una pajarera para exorcizar este silencio que me lastima el corazón, amado mío. El señor administrador, que en su homenaje había bautizado la oficina con su nombre, encargó un millar de pájaros cantores de los campos chilenos, cargamento que fue traído en barco, descargado en el puerto de Coloso y transportado a la pampa en un carro plano enganchado a la cola del tren de pasajeros. De modo que esa mañana los viajeros subieron al desierto arrastrando consigo una bullanga de las más variadas especies de aves. Poco antes de llegar a destino sucedió la desgracia.

El tren descarriló y, al volcarse el carro plano (el único que volcó), las jaulas rodaron, se abrieron y se desbarataron, y lo que contaban después los pasajeros en las tabernas de Yungay, con los ojos aún maravillados de asombro, era increíble: una algazara de aves en fuga —pequenes, codornices, pitíos, choroyes, queltehues, mirlos, calandrias y de un cuanto hay de pájaros al sur de la patria, por Dios que es cierto, paisanito— echó a volar en desbandada por los cielos de la pampa, tiñendo el aire de colores y trizando de trinos el duro diamante del mediodía.

«Era un remolino de pájaros», decían los viejos, riendo.

Esto sucedió en el cantón de Aguas Blancas. Y se dice que por el tiempo en que Malarrosa aprendía a dar sus primeros pasos, aún era posible vislumbrar de pronto el colorido plumaje de alguno de estos prófugos posado en los cables del telégrafo. Todavía por las tardes los asoleados de las oficinas salitreras llegaban a las cantinas contando el milagro de un sinsonte que llegó a trinarles a la calichera en busca de agua. A veces, en la indolente hora de la siesta pampina, un mirlo o un cardenal entraba por la ventana de alguna casa de remolienda y las putas más jóvenes, alborotadas como niñas de las monjas, corrían chillando desnudas por los aposentos tratando de capturarlo con sus negligés de seda. El padre de Malarrosa contaba que su pequeña hija una vez atrapó un canario (su madre decía que era un jilguero) al que sorprendió picoteando las semillas de las ramas de la escoba. Después de un tiempo ya sólo se encontraban pájaros muertos. En las tortas de ripios, en la línea del tren, en las plazas de juegos infantiles y hasta en los viejos cementerios pampinos, los niños solían hallar los cuerpecitos enterrados de chincoles, zorzales o alondras, descolorándose al sol lo mismo que las flores de papel.

I

Debió llamarse Malvarrosa. Nombre elegido en homenaje a su madre, Malva Martina, y a su traslúcida abuela, Rosa Amparo. Sin embargo, por error del oficial del Registro Civil, o porque el insensato de su padre fue a inscribirla tan borracho que apenas podía farfullar palabra, terminó llamándose Malarrosa. Y si el nombre influye en el carácter y en el destino de un ser humano, como dicen los adivinos de la onomancia, entonces ella, que estaba predestinada a ser una niña feliz, un tanto crédula si se quiere, rozagante de hoyuelos como deben ser las Malvarrosas del mundo, la sola letra desgajada de su nombre desarmó toda la trama y la convirtió en lo que realmente llegó a ser: una criatura arisca, tácita, solitaria, de grueso pelo negro y ojos color de espejismo.

Aunque nació en la oficina San Gregorio, Malarrosa se crió desde los tres años en Yungay, un pueblo surgido junto a la estación de trenes del mismo nombre, en el cantón de Aguas Blancas, la región del desierto de Atacama más parecida, por lo inhóspito de su paisaje, a un planeta deshabitado. Parecía una niña carente de ánimo; sin embargo, desde muy corta edad ya miraba a las cuencas de la muerte sin pestañear ni bajar la vista, con más entereza conque luego miraría a los ojos inquisitivos de la atrabiliaria anciana preceptora de la escuela, señorita Isolina del Carmen Orozco Valverde.

Y es que además de ser sobreviviente de la matanza de San Gregorio; además de las numerosas muertes violentas que le tocaba presenciar en las grescas al interior de los garitos y tugurios donde la arrastraba su padre en su afán por el juego; además de haber visto agonizar y morir a su abuela y a su abuelo maternos, a escasos dos meses de diferencia, y de haber asistido a la muerte prematura, por «ahojamiento», decía su madre, de dos angelitos mellizos, hermanos suyos, a los cuatro días de nacidos (ella les confeccionó sus alitas doradas, ella hizo los claveles para poner entre sus manitos yertas, y ella recortó lunas y estrellas para pegar en la sábana que cubrió la pared contra la que fueron velados, sentados en sendas sillitas de paja); además de todo aquello, hacía tres años, su propia madre había exhalado el último suspiro en sus brazos, después de una larga agonía en que la tuberculosis la fue royendo por dentro hasta dejarla enfundada en una pura cáscara tensa y transparente.

«Murió como un pajarito», fue lo único que le dijo a la primera vecina que llegó a asistirla en el velorio.

Desde que había atrapado al jilguero picoteando las semillas de la escoba en el patio de la casa –que mantuvo en una caja de zapatos aportillada hasta que se le murió de melancolía–, además de dibujar y pintar con sus tizas de colores nada más que pájaros, todas sus comparaciones y sus recuerdos y sus sueños tenían que ver con ellos.

Como por esos días de infortunio su padre andaba probando suerte con las cartas en alguna de las salitreras (el jefe de estación trató de ubicarlo a través del telégrafo, pero no fue habido), Malarrosa, sola, sin derramar una lágrima, se encargó de todos los trajines del velatorio y del funeral de su joven madre. Ella le cerró los párpados para siempre; ella eligió y le puso uno de sus dos trajes de domingo (el de tafetán morado, con vuelitos que tanto cuidaba); ella le peinó su larga cabellera hacia un solo lado de la cara, como a su madre le gustaba hacerlo cuando su marido estaba ausente, y ella la acomodó en el ataúd con las manos cruzadas en el pecho, como había visto en una fotografía a una emperatriz de un lejano país de cuento. Ella también, con carmines y polvos de arroz, le coloreó su pálida carita de muerta para que luciera bella y pulcra y Dios la recibiera en su Santo Reino con los rubores y la hermosura de sus tiempos mozos (en las tardes calmosas de la pampa, mientras la despiojaba dulcemente, su madre siempre le contaba de la vez que fue elegida Reina de la Trilla en su pueblo del sur). Tan bien acicalada y compuesta se veía Malva Martina en el recuadro de su ataúd, que fue la admiración de todas las mujeres acompañantes al velorio.

«Esta niñita tiene el don de resucitar muertos», decían maravilladas las matronas. «Miren, si parece que le hubiese dado el soplo de vida a la finadita».

Tanto fue el asombro que causó entre la gente su talento en el oficio del maquillaje, que desde esa vez los servicios de Malarrosa fueron solicitados en cada casa donde se producía una defunción, ya fuera de mujer o de hombre. Con sus pinceles, sus polvos de arroz, sus carmines y coloretes, la niña hacía verdaderos milagros sobre la palidez cerosa del rígor mortis. Tan apreciada llegó a ser esa especie «de virtud que posee esta niñita, Dios me la guarde», que la octogenaria preceptora de la escuela, que ya andaba prediciendo su muerte a quien la quisiera oír, le había hecho prometer –y hasta le anticipó unas monedas de plata peruana– que sólo ella, y nadie más que ella, le «arrebolara las mejillas» en su lecho de muerte.

Aquella vez, en medio de su tristeza, Malarrosa tuvo la claridad y la tozudez suficiente para disponer la sala mortuoria de su madre en el comedor de su casa, y no en la sala del Club Yungay, como querían algunas empingorotadas damas, a quienes la finada asistía como empleada doméstica dos veces por semana. Ella misma cubrió el espejo de luna biselada, de medio cuerpo, que tanto le gustaba a su madre, dio vuelta los pocos cuadros que quedaban (su padre ya había comenzado a vender los enseres de la casa para cubrir deudas de juego), se consiguió más bancas, recibió sin llorar las sentidas condolencias de conocidos y desconocidos, acomodó las flores de papel, colgó las coronas en los clavos de la pared, y por la noche, con la ayuda de algunas vecinas piadosas, que le prestaron tazas, azucareras, cucharillas y los utensilios de cocina necesarios, preparó el chocolate caliente y atendió con gravedad de viuda de militar a los acompañantes trasnochados.

Al día siguiente, ella misma, sin haber dormido en toda la jornada, precedió el funeral llevando la cruz de madera con una entereza de espíritu admirable. En el camposanto tampoco se la vio llorar. Al contrario, dejó caer los primeros puñados de tierra en la fosa sin que su alma se quebrara con ello, aceptó las últimas condolencias con serenidad y gran estado de ánimo, y volvió del cementerio con un estoicismo desconcertante en una niña de diez años.

«Esto de codearse con la muerte sin pestañear viene de familia», decían las vecinas. Y agitadas y febriles contaban lo que la propia abuela de la niña solía relatar en vida: que en sus tiempos jóvenes, allá por los campos de sus sures natales, hubo un tiempo en que había ejercido de llorona. El oficio consistía en llorar toda la noche en el velorio de un desconocido; mientras más acaudalado el muerto, más quejoso y doliente debía ser el llanto. Había que partirse el alma llorando. Según doña Rosa Amparo, ella era una de las más solicitadas en muchos kilómetros a la redonda, que con una túnica de color gris azulado, hecha especialmente para su labor, llegaba a los velorios en la hora de más concurrencia, les daba el más sentido pésame a los familiares, se instalaba junto al ataúd y, con las mangas atiborradas de pañuelos, rompía en un doliente llanto inconsolable. En sus momentos de inspiración, y cuando los caudales del muerto así lo ameritaban, acompañaba su llanto con aullidos y convulsiones, mientras se golpeaba el pecho con aflicción y se arrancaba grandes mechones de pelo. «Si hasta había gente que rompía a aplaudir», contaban las mujeres que decía la abuela de la niña, abanicándose con gesto orondo, en los corrillos de las tiendas de abarrotes.

Cuando el padre apareció por la casa, su mujer llevaba tres días bajo tierra. Entre todos los vecinos, incluidas las madames y meretrices de las pocas casas de trato que iban quedando en el pueblo, y de los jugadores amigos del viudo, habían hecho una recaudación voluntaria para paliar los gastos de las exequias.

Desde entonces, hacía casi tres años a la fecha, Saladino Robles, un jugador de poca monta –y de una mala suerte crónica–, esmirriado de físico y de espíritu, que cojeaba del pie derecho, andaba para todas partes arrastrando de la mano a su hija, tratando de criarla y protegerla lo mejor que podía. Aunque, en realidad, sucedía todo lo contrario. Era ella la que hacía el papel de madre para él. Era Malarrosa la que se afligía por su salud, la que se ocupaba de que no se quedara tirado por ahí a la intemperie cuando se emborrachaba como tagua, de que se alimentara lo suficiente para que no empezara a escupir sangre como su madre, y sobre todo que no le faltara ropa limpia. Y en sus febriles noches de juego era ella también la que se desvelaba cuidando con celo de leona que no le fuera a ocurrir nada malo a su papito. Incluso, sin que él lo supiera, llevaba siempre un pequeño cuchillo escondido entre sus ropas para defenderlo de posibles grescas de jugadores camorristas, y defenderse ella misma de los borrachos libidinosos y de los futres pervertidos que en los tugurios querían manosearla y le ofrecían dinero para que los acompañara a lo oscurito. Y pese a todo aquello, y a que ambos tenían más diferencias que similitudes –lo único que había heredado de él era el color de puna de sus ojos lanceolados–; pese a que él la hacía vestir con mamelucos y camisas de niño, y que nunca la llamaba por su nombre, Malarrosa adoraba a su padre.

Y si desde el mismo día de su bautizo una ringlera de hechos azarosos había seguido inexorablemente sus pasos, su verdadera historia de albures comenzó poco antes de cumplir los trece años, exactamente la noche en que Amable Marcelino, el mejor y más temido jugador de póquer del cantón de Aguas Blancas, cayó muerto de un balazo en un garito de Yungay, a sólo dos metros de donde ella, sentada en una pequeña banca de madera, trataba de pegar los pedazos rotos de su pequeña alcancía de gallinita de yeso.

Por entonces el pueblo de Yungay, uno de los tantos caseríos perdidos en el desierto de Atacama, daba sus últimos estertores. La crisis del salitre lo estaba lapidando. En el reducto de sus cuatro manzanas –antaño arduas y fragorosas de vida–, con varias de sus casas ya deshabitadas, se contaban apenas trescientos habitantes, la mayoría de ellos dedicados al comercio. Pero como el tren pasaba por allí, y allí estaban los servicios públicos, diariamente circulaban por sus calles medio millar de personas en tránsito, entre visitantes de los puertos salitreros de Coloso y Antofagasta y obreros y empleados de las pocas oficinas que aún funcionaban en el cantón.

En sus buenos tiempos, los afuerinos que durante los fines de semana copaban sus calles y locales sobrepasaban las dos mil personas. La mayoría eran obreros que venían a desfogarse de cuerpo y alma, a cambiar toda su paga por vino y cerveza en barriles, por música de victrola y risas de mujeres a granel, mujeres recargadas de colorete y ligeras de ropa. No en vano, en su exigua superficie construida, aparte de tres hoteles, casas de pensión, botica, tiendas de ropa, depósitos de vino, billares, cantinas y tabernas, llegaron a funcionar diecisiete casas de caramba y zamba.

Y aunque de todo aquello quedaba muy poco –de los diecisiete burdeles sólo quedaban dos: El Poncho Roto y El Loro Verde–, así y todo, las peleas de borrachos, los robos y los asesinatos andaban a la orden del día. La policía, a cargo de un teniente del Ejército y dos ayudantes, no daba abasto, pues tenía que atender también a las oficinas salitreras que no contaban con cuerpo policial. Además, el establecimiento que ocupaba el cuartel era tan deficiente para el servicio, que a los detenidos poco menos había que tomarles la palabra de caballero de que no harían abandono del local antes de cumplir con sus días de punición o con el pago de la multa.

En su honor habría que decir que Yungay contaba con una escuelita pública, privilegio del que la mayoría de las oficinas y pueblos de la pampa carecían. Aunque el local donde funcionaba fuera un miserable barracón de calaminas y piso de pino Oregón donado en su tiempo por el general José María Pinto, fundador del pueblo. La escuela contaba con veinticinco alumnos –las mujeres asistían en las mañanas, los hombres por la tarde–, y se hallaba desde siempre a cargo de la preceptora, señorita Isolina del Carmen Orozco Valverde, estricta anciana que, además de ser fiel partidaria del lema «la letra con sangre entra», era católica devota, de aquellas de misal y rosario. Como Yungay no tenía iglesia («lo último que se acuerdan de edificar en estos pueblos réprobos de la pampa es la Casa de Dios», reclamaba cada vez que podía la preceptora), una vez por mes, cuando llegaba de visita el sacerdote de Antofagasta, ella facilitaba la única sala de la escuela para que se llevaran a cabo los santos oficios.

Ahora, a pocos días del aniversario patrio, cada una de las casas particulares, locales comerciales y edificios públicos del pueblo (la delegación municipal, el cuartel de la policía, la oficina de correos y la escuela) se veían adornados de banderas, escudos y guirnaldas de colores. Y por las noches, además del alumbrado público con gas acetileno, se encendían decenas de bellos faroles de papel confeccionados por la numerosa comunidad de inmigrantes chinos.

Sin embargo, como venía sucediendo cada año para la fecha de Fiestas Patrias, el edificio que según todos los pronósticos se llevaría el premio como el mejor adornado e iluminado de Yungay, era el Hotel Estación, construido justamente frente a las dependencias de la estación ferroviaria. Y fue ahí, en el garito clandestino de este hotel, donde la noche de aquel 14 de septiembre, Amable Marcelino cayó tumbado por un certero balazo en el corazón.

Los testigos del crimen, jugadores y curiosos, luego de reducir al hechor a golpes de pies y puños, se quedaron atónitos contemplando al muerto tirado de espaldas en el piso con los brazos abiertos. Lo que atraía la atención de todos no era precisamente su envergadura –en el suelo parecía más grande de lo que ya era–, ni su elegancia de patán tirado a futre –traje a rayas, polainas de gamuza y corbata con prendedor de vidrio–, ni el chorro de sangre que borboteaba de su corazón agujereado tiñendo su chaleco de fantasía y apozándose en el piso como una ponchera derramada; tampoco su inmutable cara de póquer que no mudó ni ante el juego final de la muerte; lo que todos miraban fascinados era el sexto dedo de su mano izquierda, emergiendo del flanco de su meñique. Y todos pensando exactamente lo mismo: cómo demonios cortárselo.

Amable Marcelino, alias el Seis Dedos, no era sólo el mejor jugador de póquer del cantón de Aguas Blancas, sino uno de los mejores de toda la comarca salitrera, desde las pampas de Taltal hasta los tamarugales de Iquique. Y era leyenda en el ámbito de los jugadores que aquel lívido apéndice de su mano izquierda constituía su natural –o antinatural– amuleto de la suerte. Prodigiosa suerte que en las mesas de juego parecía cosa del diablo. Se sabía que Amable Marcelino era el único jugador de por estos lados que alguna vez le había ganado una partida a Tito Apostólico, en la única vez que éste estuvo en el pueblo. Y era fama entre los lugareños que el legendario tahúr había prometido volver algún día a cobrarse la revancha.

Amable Marcelino en vida fue un individuo que nunca le hizo honor a su nombre. Todo al revés: era de bilis negra y ademanes espamentosos. Además de su recargada elegancia –tan en extremo que se había hecho sacar un diente bueno para incrustarse una pieza de oro– y de ser un mujeriego empedernido, todos sabían que llevaba un corvo debajo del sobaco, y que más de una vez lo usó a sangre fría, sin ningún remordimiento. Al momento de su muerte frisaba los sesenta años, medía un metro con noventa y dos centímetros y pesaba «ciento veinte kilos, catorce gramos y un buen poco más», como le gustaba decir agarrándose las alforjas obscenamente, a dos manos, en medio de sus estrepitosas carcajadas.

En realidad, a Amable Marcelino le gustaba andar agarrándose las alforjas. Especialmente mientras jugaba. «Espanta la mala suerte», decía entre guasón y serio, mientras miraba impertérrito el abanico de sus cartas ganadoras. Y hubo un tiempo en que todos los jugadores del pueblo, cual más, cual menos, andaban con sus partes pudendas cogidas a dos manos. Pero no les daba ningún resultado.

«Claro», se burlaba él, ahogándose de risa, «es que hay que agarrárselas a dos manos y a once dedos».

Así de grosero era Amable Marcelino. Así de bruto. Por todo eso, lo que volvía patético el hecho criminal era que el fullero que acababa de darle muerte de un tiro a quemarropa (con una pistola que sacó del bolsillo interior de su paletó y que parecía de juguete) era un monicaco enclenque como perro de usurero que había llegado al pueblo sólo un día antes, y que nadie supo quién era ni de dónde crestas venía. Como sentenció con sorna el español dueño del hotel, cuando aún no se enfriaba su fiambre:

«Tanta prosopopeya para terminar matado con una pistolita de mujer».

Entre los jugadores y curiosos testigos del crimen, el que miraba con especial embeleso el dedo fetiche del muerto era Saladino Robles. Como siempre, esa noche el jugador andaba acompañado de su pequeña hija, vestida de hijo. Mientras se esperaba a la policía, ya puesta sobre aviso, fue ella, Malarrosa, pese a la tirria que su padre le tenía al finado, la que atinó a cerrarle compasivamente los ojos y a cubrirle la cara con su propio sombrero alón, también salpicado de sangre.

Saladino Robles no le dijo nada. Ya bastante tenía con haber perdido todo, como siempre. Y pensar que por la mañana se había levantado de la cama particularmente animado. Era su cumpleaños. Y no cualquier cumpleaños. «Cumplo la edad de Cristo, Malita», le había dicho a su hija dos días antes, cuando, al enterarse del juego programado en el hotel, comenzó a ver qué podría venderle al turco de la tienda. Convencido de que por ese solo motivo su suerte tenía que cambiar, vendió algo de lo poco que le iba quedando en su casa desmantelada para poder jugar con los más connotados tahúres que aquella noche habían venido desde Coloso y desde algunas salitreras del cantón. Sin embargo, como siempre ocurría, lo perdió todo, incluido el dinero ganado por su hija en los últimos «emperifollamientos de fiambres», como decía él, y que guardaba en su gallinita de yeso. Él no sabía que Malarrosa había estado ahorrando para comprarle un sombrero nuevo como regalo de cumpleaños (en la tienda La Chupalla le habían asegurado que los que ella quería llegaban en dos días más, directamente desde la capital). Al ver que se estaba quedando sin un peso, se desesperó, mandó a la niña a buscar su alcancía y, delante de todos, sin ningún escrúpulo, la quebró contra el piso y apostó su contenido a un full de ases. Y perdió. «Naciste salado, Saladino», oía resonar en su cerebro aneblinado por el vértigo del juego y del aguardiente, cuando sonó el disparo que mató a Amable Marcelino.

«Naciste salado, Saladino» era la frase con la que se burlaban de él amigos y enemigos desde que era un niño patipelado allá en la oficina de Agua Santa, y perdía todas sus fichas y embelecos jugando a las chapitas.

El encargado de la policía, teniente del Ejército, Rosendo Palma, llamado por la gente el Verga de Toro, hizo su entrada al salón del hotel justo en el momento en que un jugador foráneo, uno de bigotes de manubrio y expresión arrufianada, ya había sacado una navaja con cacha de hueso y, a espaldas de todos, estaba a punto de cortarle el dedo al muerto.

El teniente Verga de Toro, un colchagüino culijunto, de rostro rosáceo y voz de pito, que trataba a todo el mundo de legañoso, estaba coimeado por la mayoría de los garitos, fumaderos de opio y casas de tolerancia del pueblo. Y de eso todo el mundo estaba al tanto. Tal vez por lo mismo, para hacer escarmiento del hecho de que cada habitante del pueblo sabía de sus cohechos, el teniente era en extremo violento con los detenidos, particularmente con «esos calicheros legañosos» que se pasaban de copas y no iban a trabajar y se quedaban a armar bochinche en las calles del pueblo. A éstos, luego de ponerlos en el cepo, procedía a azotarlos con una verga de toro charqueada y acondicionada como huasca, instrumento que llevaba consigo a todos lados y que le valió el mote de Verga de Toro. Se decía que habían sido las prostitutas quienes lo apodaron de esa manera, porque, según las más lenguaraces, el teniente era impotente, y lo único que hacía cuando las visitaba –además de emborracharse hasta la lástima y despotricar contra este pueblo de mierda enclavado donde el diablo perdió los cuernos– era ponerlas en cuatro patas y tratar de introducirles a la fuerza el vergajo del animal.

Esta vez el teniente llegó acompañado de sus ayudantes, dos cabos de rostros aindiados, provenientes del altiplano, a los que trataba como a criados chinos. Ambos debían turnarse para lustrarle las botas, servirle la comida, hacerle los mandados y tenderle la cama; y jamás permitía que lo acompañaran en sus juergas nocturnas ni que se emborracharan por su cuenta.

Luego de indagar por los hechos que desembocaron en el homicidio, aunque sin mucha convicción, sólo para que no se dijera que no cumplía con su deber –además, en Yungay diariamente se cometían esta clase de hechos criminosos, especialmente en fechas como ésta, cercanas a alguna fiesta–, el teniente pidió un vaso de aguardiente, se lo mandó al gaznate como si fuera agua pura, y tras nalguear de pasada a la prostituta de ancas más contundentes ordenó que no se levantara al muerto hasta que llegara el juez. Antes de llevarse detenido al asesino, a quien los jugadores, luego de la paliza, habían atado a la plancha de fierro de la cocina de ladrillos, lo más firme que había en el hotel, construido de palos y calaminas, preguntó por don Uldorico.

«Ya estuvo aquí», le respondieron todos a coro.

«Ese jote no falla», dijo despectivo. Y salió con el detenido rumbo al cuartel.

Don Uldorico era el dueño de la única funeraria del pueblo y sus alrededores. Se trataba de un hombrecito con aspecto de pájaro, que tenía el hábito de la soledad –vivía solo, andaba solo y hablaba solo– y cuya presencia causaba un temor casi reverencial entre la gente; tenía un olfato sobrenatural para llegar primero que nadie adonde había un muerto. Con su huinchita de medir y su aceitoso aire servicial llegaba saludando con reverencias y tratando a todo el mundo de noble: «buenos días, noble señor»; «buenas tardes, noble dama». Y aquella vez no fue la excepción. Aprovechando que se hallaba bebiendo en el hotel, arrinconado y solo como siempre, había sacado su huincha –«permítanme, nobles caballeros»– y medido al difunto sobre calentito. Se comentaba en el pueblo que de no ser por su desmedida afición a las mujeres de la vida (la mayoría lo esquivaba como a un apestoso, y las pocas que accedían a ocuparse con él le cobraban hasta tres veces el valor de la tarifa), don Uldorico habría hecho fortuna con sus ataúdes, ya que a menudo él solo no daba abasto para encajonar a tanto muerto acaecido en el pueblo y en las salitreras cercanas. Aunque algunos aseguraban que, pese a vivir como un menesteroso, tenía millones acumuchados bajo el colchón. «Ese renacuajo escupe sangre en bacinica de oro», decía la gente.

Como nadie le conocía ni sabía de familiares del muerto, ni en el pueblo ni en ninguna de las salitreras circundantes –hacía cinco años había bajado del tren, había alquilado una pieza en el hotel, que tomó como su cuartel general, y no se fue nunca más–, con el dinero ganado en el último juego de su vida se le mandó a hacer el ataúd y una corona fúnebre, de esas de papel de seda que confeccionaba tan bien la señorita preceptora del colegio. Y con el dinero que se logró juntar en una colecta rápida entre jugadores y prostitutas, se pagó el vino y la comida que se bebió y se comió a destajo durante la noche del velorio, que se constituyó en el mismo salón del hotel.

Una vez encajonado el muerto, Malarrosa se ofreció para maquillarlo y suavizarle la expresión dura con que el finado se había ido a la otra vida. Como todos estaban al tanto de la pericia de la niña en tales menesteres, la dejaron hacer tranquilamente. De modo que, mientras los demás se afanaban en transformar el salón de juego en una decorosa capilla ardiente, ella, encaramada en un pequeño banquito, con los afeites que le prestó Margot, una de las prostitutas más jóvenes de El Poncho Roto, y la más amiga suya, le cambió la catadura al muerto y lo dejó con una carita como para asistir a misa de domingo.

La opinión general fue que por primera vez el cabronazo de Amable tenía en el rostro una expresión que combinaba con su nombre.

Aparte de las prostitutas que ejercían en el hotel, esa noche se juntaron en el velatorio las asiladas de los dos burdeles que quedaban en el pueblo. Aunque entre las mujeres de ambas casas no se toleraban, eran todas amigas del finado, pues lo único bueno que Amable Marcelino tuvo en vida fue su magnífico desprendimiento para con ellas; se podría decir que la suya era una munificencia prostibularia.

Para entretenerse por esa noche, aparte de las damajuanas de vino y las botellas de coñac inglés, los asistentes llevaron guitarras y vihuelas, y organizaron competencias de payas y toda clase de juegos de azar. Como señal de duelo, no se jugó dinero. Y como se sabía que muchos de los concurrentes tenían la siniestra idea de rebanarle el dedo de la suerte, durante toda la velada nadie le quitó el ojo al ataúd. Por orden del juez del pueblo, el funeral debió realizarse al día siguiente, sin falta, y no permitió, «bajo ningún punto de vista, señores», que fuera velado por una segunda noche, como pretendían los jugadores más parranderos y las mujeres más desahogadas del ambiente.

El juez, don Facundo Corrales, era el vecino más connotado del pueblo, y uno de los dos hombres más respetados y queridos por su rectitud y honradez, pero muy principalmente porque era el único capaz de ponerle coto a los excesos del teniente de policía. El otro vecino querido y reverenciado por los yungarinos era don Rutilio, el boticario. Hombre bonachón, de rostro rubicundo y gesto paternal, don Rutilio tenía una voluntad de oro para atender en su botica a cualquier hora del día y de la noche. Y sacaba muelas (con tenaza y aguardiente), y cauterizaba heridas, y ponía cataplasmas, y corría ventosas, y atendía partos de urgencia. Pero el más apreciado de sus méritos profesionales, sobre todo por los hombres, era que curaba las enfermedades de trascendencia social, con permanganato y sin preguntar nada.

De modo que aquel embanderado miércoles de septiembre, el cortejo fúnebre salió del hotel a las cinco en punto de la tarde, hora en que se llevaban a efecto todos los funerales en la comunidad pampina. El muerto fue escoltado hasta su morada final nada más que por sus compañeros de juego del pueblo –los venidos de Coloso y de las salitreras circundantes se fueron a la mañana siguiente del asesinato– y un ramillete de prostitutas, todas rebozadas de pañuelos negros, no tanto en señal de duelo sino por cubrir un poco las huellas de la parranda de amanecida. Y don Uldorico, quien, como siempre, oscuro y silencioso, apartado de la gente, acompañaba todos los entierros con su maleta de herramientas a cuestas, «por si en el trayecto ocurriera algún percance imprevisto con el ataúd, mis nobles dolientes». A excepción del fabricante de ataúdes –y de algunos afuerinos que al ver pasar el cortejo no hallaron nada más entretenido que hacer que plegarse y caminar hasta la colina donde se levantaba el camposanto, sin saber a quién iban a enterrar–, todos los demás acompañantes, incluidos los músicos del orfeón que precedían el cortejo, iban borrachos como cerezas. Tal vez por eso, y por la mala fama del extinto, las fuerzas vivas del pueblo, entre ellas la Sociedad de Veteranos del 79, que tenía por tradición acompañar cada uno de los funerales del pueblo, luciendo sus uniformes de guerra, sus medallas al valor y sus gloriosos estandartes de raso, ya arestinados por el tiempo, esta vez no quisieron hacerse presentes.

El señor juez, por su parte, para asegurarse de que la escuálida procesión enfilara rumbo al cementerio y no se desviara hacia algún garito clandestino a continuar con la parranda, la acompañó él mismo hasta un poco más allá de la salida del pueblo. En realidad, el juez se había opuesto tenazmente a que alargaran las exequias, por temor a que se repitiera la grotesca borrachera en que había terminado la primera y única noche de velorio. Y no quería correr el albur de que se cometiera algún crimen o se armara una batahola de esas campales que solían armarse en el pueblo. Ese año él había sido elegido presidente del Comité de Fiestas Patrias, y por nada del mundo iba a permitir que unos borrachos en duelo le aguaran el programa.

Cuando el funeral pasaba frente a la estación ferroviaria, fue homenajeado por el ronco silbato del tren de las cinco. En ese tren, cada quince días, rigurosamente, Amable Marcelino se embarcaba hacia el puerto de Antofagasta. Nadie nunca supo a qué iba. Algunos decían que tenía un amor prohibido; otros, que viajaba a visitar a su madre asilada en un hogar de ancianos, y los más pedestres decían que simplemente el tahúr iba al puerto a depositar en un banco el dinero ganado en el juego. Lo único cierto era que se iba y se venía jugando, desplumando a los más conspicuos tahúres que se embarcaban en el tren, y a más de algún temerario pasajero que osaba sentarse a jugar de puro Babieca que era. Se contaba entre los ferroviarios que en más de una ocasión les había ganado hasta la gorra a los mismísimos inspectores del tren, quienes, a mitad del viaje, terminaban entusiasmándose y pidiendo cartas.

La tarde era particularmente ventosa. En las cercanías del cementerio se veía arreciar un número inusitado de remolinos, más altos y temibles que de costumbre, como si los moradores del camposanto los hubiesen programado especialmente para recibir y homenajear al nuevo habitante que llegaba a instalarse en sus territorios. Saladino Robles, con cara de circunstancias, ayudó a cargar al finado por largo trecho, mientras Malarrosa caminaba a su vera sin poder desprenderse de la mirada engarfiada de don Uldorico. La sentía hundida en su nuca. Siempre, en donde se encontraba con el hombrecito de negro, éste se

la quedaba mirando por el rabillo de sus ojitos colo-
rados, como con ganas de medirla con su huinchita,
pensaba ella temerosa. Pero luego había descubierto
que bastaba que ella a su vez lo mirara fijo a los ojos,
para que el pobre hombre bajara la vista y siguiera su
camino silencioso, con las manos atrás y su cabecita
estirada hacia delante, como los jotes.

En el cementerio, luego de los discursos de rigor
y los rituales puñados de tierra dejados caer sobre el
ataúd, el jugador hasta se animó a darle una mano al
sepulturero con las últimas paladas de tierra. Sin embargo, su gesto no era precisamente por un sentimiento de humanidad, o de tardía reconciliación hacia
el muerto. Él sólo buscaba asegurarse del lugar exacto y la hondura precisa de la sepultura en que quedaría enterrado el maldito hijo de mala madre que tantas
veces, además de desplumarlo sin clemencia, lo había
humillado delante de su pequeña hija.

Por la noche pensaba hacerle una visita.

II

El cielo de la pampa, alto, diáfano, explícito, es una gloriosa celebración de estrellas enfatizadas por la misma oscuridad que pretende sofocarlas, estrellas que alumbran y relumbran su propia lumbre inaugural, estrellas de todos los tamaños y luminosidades, estrellas más cercanas, estrellas más lejanas, estrellas inalcanzables; bellas como faroles de papel, fijas como ojos de gatos, parpadeantes como lagartijas; estrellas bautizadas, estrellas moras, estrellas muertas; estrellas frías como escarcha, ardientes como braseros, misteriosas como fuegos fatuos; estrellas formando cruces, vías, constelaciones; un reluciente y misterioso universo de cuerpos celestes –astros, luceros, soles, planetas, aerolitos– arracimados ahí, a un palmo de su alelamiento.

Al dejar atrás las últimas casas, Saladino Robles se había dado cuenta de que la noche estaba más oscura que de costumbre. «Más oscura que sombra de viejo», recordó que decía su amigo Bolastristes. Sin embargo, ahora, a medio camino entre el pueblo y el cementerio, el silencio le parecía más profundo que la oscuridad. Era una noche plácida, y le pareció increíble que, con todos esos mundos luminosos palpitando, estallando y cruzando el cielo en todas direcciones, fuera tan profundamente silenciosa. Se detuvo un rato. Quiso encender su lámpara, pero desistió. Alguien lo podría ver a la distancia.

Echó a caminar de nuevo.

La costra de caliche crujía cruda bajo sus pies y el ruido parecía ampliado por el eco de la cúpula cósmica. Era como si alguien lo siguiera. A cada rato volvía la cabeza. Sólo veía a lo lejos las luces anémicas de las oficinas salitreras más cercanas: Rosario, Florencia, Castilla, San Gregorio (ahora llamada Renacimiento), Bonasort y otras de las que conformaban el cantón de Aguas Blancas. Recordó que hacía poco había estado jugando en Bonasort y había perdido hasta los zapatos. De no haber sido porque andaba con Oliverio Trébol y éste le ganó un gallito al forzudo de la oficina (aunque las apuestas fueron bajas), no habrían tenido ni para el pasaje en el tren de regreso. Casi llegando al cementerio, no supo por qué –tal vez asociando la palabra camposanto–, se acordó de la oficina Agua Santa y de sus padres muertos.

Él había nacido allí, en Agua Santa, una de las oficinas más antiguas de la pampa. Era hijo de un chillanejo que había peleado en la guerra del 79, y que, luego del conflicto, como hicieron tantos veteranos, se quedó trabajando en las salitreras, de cuidador de mulas. Su madre fue una enfermiza muchacha iquiqueña a la que su padre conoció en una de las huelgas grandes, en que los obreros marcharon por el desierto a pie hasta el puerto de Iquique, con sus mujeres y sus niños y sus perros. Se habían casado tras un corto noviazgo. Sin embargo, ella murió a los dos meses de nacer él (durante su niñez oyó musitar que había muerto de la peste bubónica), y al poco tiempo su padre lo abandonó. Una tarde de brisas alegres, con ligeros acopios de nubes en el cielo, como se veían pocas en estas comarcas ardientes, dijo que bajaría al puerto a comprar arreos para las mulas y nunca más volvió. Él quedó a cargo de una tía casada con un peruano que era mercachifle, uno de los oficios más peligrosos de la pampa; los vigilantes de los campamentos los perseguían y azotaban sin piedad, y hasta les corrían a balazos con sus carabinas para que no le hicieran competencia a las pulperías, que eran propiedad de los mismos dueños de las industrias. De modo que él se crió recorriendo la pampa junto al esposo de su tía, estrafalario personaje que vendía cualquier cosa que se pudiera vender, y que luego perdía todo jugando a las cartas o apostando a las carreras de burros. Era un jugador crónico. Y él le había inculcado el vicio del juego.

«También me pegó la mala suerte», se quejaba cuando estaba ebrio.

Y es que Saladino Robles, desde niño, jugara a lo que jugara, perdía: a las chapitas, a las bolitas, al volantín, a lo que fuera, siempre, indefectiblemente, terminaba perdiendo. Tanta era su mala pata que, ya de adulto, la primera vez que se decidió a dejar el juego (cuando conoció, se enamoró y se casó con su difunta esposa) para entrar a trabajar honradamente en la oficina San Gregorio, apenas alcanzó a durar cuatro años y ocurrió lo de la matanza. No quería aceptar lo que decía Oliverio Trébol sobre que la mala suerte, lo mismo que la buena, viene como un lunar de nacimiento.

«Y no se quita ni con lejía, amigo Salado».

Después se enteró de que la mayoría de los jugadores profesionales llevaban encima un talismán, o amuleto, o fetiche, algo para atraer la buena suerte. Entonces probó con varios. Primero se consiguió una pata de conejo que era lo más conocido. Y no dio resultado. Después ensayó con una imagen de San Constancio (por eso de que «el que la sigue la consigue»). Y tampoco. Aconsejado por un viejo minero, probó con una piedra de pirita. Fue en vano. Una vez encontró en el desierto una vainilla de bala de fusil de la guerra del 79, y alguien le insinuó que se la colgara al cuello como escapulario. Pero la bala, al parecer, era de los que perdieron la guerra. Y no hubo caso. En las mesas de las cantinas se le oía quejarse de que él no había «nacido parado», como se decía de los suertudos.

Su mala estrella parecía ser a prueba de talismanes, amuletos y fetiches.

Siguiendo la línea del tren, el cementerio estaba a ochocientos metros al noroeste de Yungay, erigido sobre lo alto de una pequeña loma. «Así, nuestros muertos estarán más cerca del cielo», se contaba que dijo el general que fundó el pueblo, al decidir, ordenar y trazar los planos del camposanto.

El pequeño corral de tumbas de tierra y cruces polvorientas, circundado por una reja de madera, era como una balsa de náufragos muertos, encallada en medio de un mar de arenas calcinadas. Según constaba en los registros, por los tiempos del esplendor salitrero, cuando los industriales, para complacer a sus mujeres –consortes, hijas, amantes–, se hacían traer alfombras de Persia, mármol de Italia y pianos de Alemania, llegaron a sepultarse ciento ochenta y cuatro personas en un año. Increíble cifra en la que había que contar a los muertos de las oficinas más cercanas, la mayoría acaecidos por accidentes de trabajo (cocidos vivos en el caldo hirviendo de los cachuchos, triturados por las ruedas de los trenes, desintegrados por la explosión de los tiros «echados»); agregar, además, la legión de muertos por enfermedades sociales, a los niños muertos al nacer, o nacidos muertos, o que morían de un resfriado mal atendido; a los hombres que se mataban de amor, que no eran pocos, pues las mujeres, como en toda la extensión de la pampa, eran un bien suntuario (los amantes engañados o los enamorados no correspondidos se ataban un cartucho de dinamita a la altura del pecho y se arrancaban las penas del corazón con corazón y todo); y junto a todos esos finados, sumar el gran número de caídos en reyertas callejeras, principalmente durante los fines de semana y los días de pago en las salitreras: muertos a balazos, muertos a navajazos, muertos a fierrazos, a botellazos, a cabezazos (a golpes de bola de billar había muerto más de uno).

A poco tiempo de ser fundado, Yungay había llegado a convertirse en un pueblo sin Dios ni ley. Los asesinatos, los robos, los asaltos a mano armada y las faltas a la moral, amén de un rosario de delitos menores, eran espectáculo de cada día y, sobre todo, de cada noche. Por lo mismo, tal como sucedía con los otros pueblos autónomos aparecidos en el desierto, Yungay era combatido tenazmente por los dueños de las salitreras, quienes pagaban editoriales en los diarios de la región para denunciar los excesos cometidos en los que ellos llamaban «antros del vicio y la perdición».

Y no exageraban ni un cachito los industriales del salitre, pues el aura de Yungay atraía a los hombres que trabajaban en las calicheras como la carroña atrae a las bandadas de jotes. Muchas veces se supo de cuadrillas completas de obreros que dejaban las herramientas tiradas a la intemperie y, con el capataz al frente, se escapaban por los senderos y los desmontes de la pampa para ir a manifestarse en sus casas de parranda. Y es que desde las ardientes llanuras de salitre, bajo el infamante sol de la pampa, el pueblo aparecía a lo lejos como un irresistible espejismo de música y diversión.

Y eso mismito era Yungay: un espejismo aparecido en lo más duro del desierto de Atacama, producto de la ambición desmedida de un general llamado José María Pinto Pereira, quien a principios de siglo pidió esos terrenos al gobierno como una manifestación minera. Y aunque nunca tuvo la propiedad de la tierra, sino una patente de mina, el general, veterano de la guerra del 79, mandó a trazar el plano de un poblado con todas las precisiones y requisitos indispensables: calles, plazas, locales comerciales, hoteles y construcciones de servicios públicos; y realizó la hazaña increíble de lotear el desierto y arrendar los sitios, rápidamente, por metro cuadrado. «Pagaderos en semestres adelantados, y en dinero "bebible y comestible", caballeros», exigía el viejo general.

El terreno obtenido en pedimento minero estaba frente a la estación Yungay (de ahí el nombre del pueblo), donde había teléfono, telégrafo, agua y, por supuesto, transporte. Además de una veintena de oficinas salitreras funcionando en las inmediaciones.

«Un zorro de los negocios este general, ganchito», decían los viejos.

Aunque, en verdad, esto no sorprendía un carajo a nadie, pues exactamente del mismo modo habían sido fundados muchos de los poblados del desierto.

Después del funeral del tahúr, Saladino Robles había llegado a la casa trajinando entre los pocos muebles y cajones de los cuartos en busca de su vieja lámpara de carburo. Como no la hallaba por ninguna maldita parte, le gritó a su hija, que se había puesto a guisar un cocho con sal en la cocina de barro, que le dijera dónde carajo estaba. Malarrosa, sin dejar de revolver la mazamorra, le contestó reposadamente que en el patio, papá, entre los cachureos amontonados junto a la caseta del baño, debajo de unos sacos de gangocho.

Saladino Robles no le preguntó si la había visto, sino directamente que le dijera dónde estaba. Y es que Malarrosa tenía un talento para encontrar las cosas perdidas que parecía sobrenatural. Por el tiempo en que daba sus primeros pasos y recién aprendía a pronunciar y a entender algunas palabras, apenas oía a su madre preguntando por el dedal, iba hasta detrás del sofá, o junto a la pata de la mesa, o donde fuese que estuviera el adminículo, y lo cogía y se lo pasaba. Al principio su madre no se sorprendía en absoluto.

«Seguramente, la niña lo vio caer y rodar hasta allí», decía, tratando de convencerse a sí misma de que el asunto no revestía mayor misterio.

Sin embargo, el fenómeno se fue repitiendo día tras día. Y era increíble. Cualquier cosa que se perdiera en la casa: artilugios de costura, cartas de naipes, prendedores, peinetas, llaves de los cofres de sus abuelos, ella, al principio gateando, luego caminando afirmada en los muebles, iba hasta el lugar exacto en donde la habían escondido los duendes. Y no fallaba. Todo acudía a sus manos como atraído por una especie de magnetismo. Era como si poseyese un detector de objetos perdidos. Tanto era así, que su padre comenzó a llamarla «mi pequeña rabdomante», palabra que había aprendido en Agua Santa y que designaba a ciertos personajes de aura misteriosa, contratados y traídos por los industriales salitreros (nadie sabía de dónde), que premunidos nada más que de una vara de roble eran capaces de hallar napas de aguas subterráneas en lo más yermo del desierto.

Saladino Robles halló la lámpara justo donde le había dicho su hija. Luego se dio a la tarea de limpiarla, cargarla y dejarla lista para la noche. Hacía más de diez años que no la utilizaba. La tenía del tiempo cuando trabajó de sereno en San Gregorio, oficina en donde casi pierde la pierna derecha de un balazo el día de la matanza de obreros. Esa era la razón de su cojera; cuestión que, aparte de su amigo Oliverio Trébol, alias el Bolastristes, otro de los sobrevivientes de la masacre, nadie en el pueblo sabía. Y él se cuidaba mucho de no contarlo. Cuando le preguntaban qué le había ocurrido en la pierna, mascullaba algo sobre un accidente de tren y cambiaba de tema.

Es que le daba coraje recordar el suceso. Aun en sus sueños y pesadillas veía a esa multitud de hombres, mujeres y niños cayendo bajo las balas de los soldados. Todos amigos, vecinos o compañeros de trabajo. Y pensar que Arturo Alessandri Palma se había terciado la banda presidencial sólo unos días antes, bajo el delirio de toda su «querida chusma», como llamaba a los pobres. El muy maldito. Todavía le resonaban en la memoria aquellas frases con que les doró la píldora a los obreros: «Preferiría caer yo antes que se derrame una sola gota de sangre de un hijo del pueblo». «En mi gobierno no se perseguirá a nadie por sus ideas, por descabelladas que éstas sean». Y resultó que sólo 43 días después de llegar a La Moneda, el 3 de febrero del año 21 –si parece que fuera ayer nomás, carajo–, los soldados del Ejército de Chile habían masacrado sin compasión a sus compatriotas en la San Gregorio. Lo que más furia le daba recordar era que él, lo mismo que muchos de los caídos y sobrevivientes de la matanza, entusiasmados con su campaña presidencial, habían cantado y bailado en las calles –como unos reverendos huevones pasados por agua– la famosa melodía de *Cielito lindo*, a la que le habían acomodado la letra de la propaganda de su candidatura. Si aún, cada vez que oía la maldita melodía interpretada por el orfeón del pueblo, le venían deseos de vomitar.

La noche ya era alta cuando Saladino Robles se ciñó el poncho, tomó su lámpara y dijo a su hija que saldría por un rato. No se demoraba nada. Que le echara llave a la puerta y no saliera a la calle. Cuando Malarrosa le preguntó adónde iba, respondió con evasivas. Y no le supo explicar por qué llevaba su lámpara si el alumbrado público aún estaba encendido. Además, la claridad en las calles era mayor que la habitual por las decenas de farolitos de papel confeccionados por los chinos del pueblo. Al final dictaminó cortante:

«Mira, Mala, son cosas de hombre».

Al salir a la calle quiso escurrirse sin llamar la atención, pero fue en vano. Los perros de su vecino se habían escapado de nuevo y se le fueron encima ladrando furiosamente. Como siempre, tuvo que alejarlos a pedradas. A ese chino del carajo un día le iba a envenenar todos sus quiltros hambrientos y los iba a descuerar y a venderlos por carne de cabrito, como se rumoreaba que hacía él mismo en su carnicería de la calle del Comercio.

El Chino de los Perros, como llamaban a su vecino, era tan miserable con los perros que, por las noches, cuando llegaba a dormir a la casa, apenas si les traía unas piltrafas de grasa. Y los pobres animales, que se pasaban encerrados todo el día, llevados por el hambre escapaban a la calle en busca de comida, o saltaban el magro cierre de tablas y se metían a su patio. Cada vez que eso ocurría, él y Malarrosa sudaban la gota gorda sacándolos a palos y pedradas.

Tan roñoso era el chino, que antes de que su mujer se suicidara, además de tenerla para la patada y el combo y no dejarla salir a ninguna parte, ni siquiera se dignaba a traerle un pedazo de carne para cocinar, y ella tenía que preparar y comer de los mismos desechos rancios que les traía a la ristra de perros.

«Él fue el único culpable de que esa pobre boliviana se ahorcara», se alejó refunfuñando Saladino Robles en la oscuridad de la noche. Luego sonrió ladinamente al recordar la vez en que, estando el chino de viaje por Coloso, él se había metido con la mujer. Con un rictus de desprecio en el rostro, acicateada por el odio y la venganza, la mujer le confidenció aquella noche que su marido tenía la pajarilla minúscula de los orientales, y que aunque quería pasar encima de ella todos los días y a cada rato, en cada ocasión no duraba más de cuatro minutos.

«Es un conejo amarillo», dijo, despectiva, la mujer.

Al llegar al camposanto y trasponer las rejas del corral sintió un estremecimiento. En ese recinto la oscuridad y el silencio eran mayores. Sobre todo el silencio. Daba la impresión que encima del silencio sideral de la noche, los muertos rezumaran un silencio propio, un silencio espeso, opaco, como hecho del barro original; y tan hondo que se sorprendió de no oír, ahora sí, el abejorreo de los astros.

Se parapetó un rato detrás de un nicho.

Desde allí, oteando en la oscuridad, se aseguró de que nadie lo hubiese seguido. Luego procedió a encender su lámpara, calibró la llama y se dirigió directamente a una casucha de lata en donde había visto que el sepulturero, tras acabar su trabajo, guardó las herramientas.

Y allí estaban: palas, picotas, chuzos.

Se quitó el poncho. La noche no estaba tan fría. Tras escupirse las manos, comenzó a cavar en la tumba de Amable Marcelino. Para darse ánimos y espantar el miedo mientras cavaba, se puso a silbar bajito. De sus labios brotó la melodía de una polquita de moda que cada domingo tocaba el orfeón del pueblo en la plaza Prat. *La polca del perro* se llamaba.

Pasado un rato, el cansancio no le permitió seguir silbando. Empapado en sudor, mientras tomaba un respiro, se puso a pensar en todo el dinero que le había ganado el hijo de mala madre que yacía enterrado ahí abajo. Y no sólo se había conformado con desplumarlo, sino que más encima lo humillaba burlándose de su cojera. Y delante de su propia hija. «Eres un cojo salado, Saladino», le decía el desgraciado. Y seguía zahiriéndolo y mortificándolo con que lo que le hacía falta al cojinova era un buen amuleto, pues ya se sabía que su hija no lo era. Al contrario, parecía ser ella la que le acarreaba la mala suerte. «Con el nombrecito que se gasta». Él mismo debió de haberlo matado aquella vez cuando, mirando con lascivia a Malarrosa, lo ofendió diciéndole que la buena suerte era cosa de linaje, y que la única forma de conseguirla era mejorando la estirpe. Y él tenía el remedio preciso: que le prestara a la niña por un rato, él le hacía un crío y ya.

«¡Hijo de la gran puta!».

Mientras la rabia lo hacía recomenzar a cavar con más ímpetu, se acordó de pronto de cuando, junto a su amigo Bolastristes, se fueron en busca de un entierro en las afueras de Pepita, una de las primeras oficinas del cantón en apagar sus humos. El antecedente lo habían obtenido de un viejo que conocieron en el tren mientras venían jugando póquer desde el puerto de Coloso. El anciano había perdido toda su plata, y cuando ya no tenía qué poner sobre la mesa, quiso apostar una hoja de papel, sucia y ajada, en donde se veía trazado un extraño mapa, lleno de cruces y números.

«Es el mapa de un entierro», dijo.

El canalla de Amable Marcelino se le rió en la cara y lo echó del vagón sin contemplaciones. Que se fuera a otro perro con ese hueso el vejestorio vivaracho. Entonces, él y Oliverio salieron detrás del viejo a comprarle el mapa. El anciano tenía cara de sabio loco, llevaba una visera de telegrafista y anteojos de aumento con uno solo de los cristales. Les dijo que se trataba de un tesoro enterrado por el conquistador Pedro de Valdivia, cuando, viniendo desde el Perú, pasó por estas tierras camino a fundar Santiago de Nueva Extremadura. Así había dicho el viejo: «Santiago de Nueva Extremadura». Y eso, no sabía por qué razón, le dio un barniz de veracidad al asunto.

Por lo menos, él se lo creyó todo.

La noche que decidieron ir a desenterrar el tesoro estaba casi tan oscura como ésta. Después de dos horas de trabajo frenético, turnándose cada diez minutos, justo cuando estaba él excavando, la pala dio con algo metálico. En su febril ansiedad imaginó al tiro un cofre lleno de monedas de oro. Fue en ese mismo momento cuando Oliverio Trébol, que vigilaba con una lamparita en la mano, vio aparecer desde la oscuridad de la noche un inmenso toro negro, fosforescente, que, bufando y echando fuego por los ojos, se le venía directo a cornearlo. El anciano les había prevenido sobre los ruidos y visiones infernales que oirían y verían mientras excavaban, y les advirtió que por nada del mundo debían gritar ni emitir palabra. Pero el pobrecito de Bolastristes, que tan valiente se había comportado en la matanza de San Gregorio, no se aguantó el susto y dio un alarido que resonó en toda la extensión de la pampa. Al instante, con un fuerte temblor de tierra y el horrendo ruido de un choque de trenes subterráneos, oyeron «correrse» el entierro.

Muchas veces, en estos últimos años, sobre todo en los tiempos de vacas flacas, había vuelto al lugar indicado con una cruz de Malta en el mapa, que él aún conservaba. Pero nunca más logró dar con el tesoro.

Saladino Robles sonrió y movió la cabeza en la oscuridad de la noche. ¡Las cosas de la vida! Ahora sí tenía un verdadero entierro entre manos. Y con un gran tesoro. Sí, porque el dedo de Amable Marcelino valía toda una fortuna; su valor era sólo comparable a la gallina de los huevos de oro. Con él como amuleto se volvería rico en poco tiempo. Dejó la pala para descansar otro rato. Ya faltaba poco.

Sacó un cigarrillo y lo encendió en la llama de la lámpara. La noche ahora le parecía más clara. O él ya se había acostumbrado a la oscuridad. Por un momento imaginó que sus ojos fosforecían. Ahora sí que nadie nunca más le iba a ganar a las cartas. Ya venía siendo hora de que su suerte cambiara, de que el cielo se le abriera de una vez por todas. Ahora su hija lo admiraría. Y como de aquí en adelante las mujeres llegarían seditas a sus brazos, igual como le llegaban al mala baba de Amable Marcelino, primero se dedicaría a mundanear un poco (sólo para recuperar el tiempo perdido) y luego buscaría una madre para que Malarrosa no anduviera por ahí como un animalito desahijado. Aunque sería difícil encontrar a una mujer más buena y sacrificada que su difunta esposa. Ella era la abnegación hecha carne. Y, claro, su mala suerte hizo que la perdiera para siempre. Tan joven que se le había muerto su Malva Martina.

¡Perra vida la suya!

Tiró el pucho y siguió cavando. Cuando la pala tocó la madera del ataúd, una súbita ráfaga de viento apagó el farol. Sintió un estremecimiento. Por un momento tuvo miedo. Y titubeó. Pero tras ese momento de vacilación tuvo la fuerza de ánimo suficiente para subir y encenderla de nuevo. Luego bajó con ella y se dio a la tarea de abrir el cajón. Cuando logró hacerlo, extrajo su navaja y acercó el farol al cadáver. En verdad, Malita había hecho un buen trabajo; aunque le había caído un poco de tierra, el rostro del tahúr todavía conservaba la expresión de placidez que le había dejado su hija. Pero había que irse con cuidado, estos cabrones de colmillo retorcido mordían hasta después de muertos. Colocó el farol en un vértice del ataúd, abrió su navaja, tomó la mano izquierda del finado y casi se le cae el corazón del sobresalto. El dedo no estaba.

¡No estaba el maldito dedo!

Le revisó la otra mano por si se había equivocado. No. El dedo definitivamente no estaba. Alguien se lo había rebanado. Se notaba el corte de una navaja. Alguno de los tahúres hijo de mala madre se había adelantado ganándole el quién vive.

Salió de la sepultura refunfuñando ¡Por la poronga del mono y la mona caraja que lo fue a parir! Le dio una patada al farol, que lanzó una llamarada y fue a chocar contra una cruz. Y se apagó. Enrabiado, completamente a oscuras, ni siquiera se dio el trabajo de ponerle la tapa al féretro, simplemente comenzó a echarle tierra encima, como desaforado, mientras despotricaba a toda boca contra su puta y tiñosa vida.

De vuelta al pueblo, entierrado de pies a cabeza y sin su farol, Saladino Robles caminaba acezando de rabia. A lo lejos, bajo la noche inmensa, el pueblo parecía un cementerio más grande. Llegó a la esquina de su casa agotado y diciéndose que había sido un badulaque de tres al cuarto, que, a las perdidas, tendría que haberle arrancado el diente de oro al muy maldito. Se notaba que era una pieza de quilates. Para rematarla, uno de los perros del chino de mierda se le vino por detrás sin ladrar y casi le muerde el talón de su pierna mala.

Ya dentro de su casa se tiró sobre el sofá de la primera pieza. Estaba reventado. Descansó unos minutos, a oscuras. Luego encendió un chonchón y se asomó a la pieza de su hija: Malarrosa dormía plácidamente. Se fue a su dormitorio. Sobre la almohada encontró un regalo. Un pequeño envoltorio sobre una hoja de cuaderno que decía: «Feliz cumpleaños, papito».

En la letra manuscrita, garrapateada con tinta verde, se notaba la didáctica férrea de la anciana preceptora de la escuela. Como un balde de agua tibia, una sensación de ternura le cubrió el cuerpo de arriba a abajo. Su hija se las había arreglado de alguna forma para conseguir más dinero. Sintió que su rabia disminuía. Total, ya no había caso. Él había nacido chicharra y tenía que morir cantando.

Sentado al borde de la cama desató la rosa de la cinta azul y rasgó el papel. Era un pequeño taleguito de cuero de cabra con un cordón para colgárselo al cuello, como relicario. Dentro del taleguito palpó algo. Lo abrió y por segunda vez esa noche casi se muere de la impresión.

¡Era el dedo de Amable Marcelino!

No lo podía creer. El dedo de la suerte del maldito tahúr.

Malarrosa con su carita de póquer…

III

Primero desapareció el humo: el humo de la usina, el humo de las locomotoras, el humo de las chimeneas de las cocinas de barro; más tarde desaparecieron los gringos, desaparecieron con sus mujeres, con sus mascotas y sus mayordomos vestidos de levita; después desaparecieron los comerciantes –primero los mercachifles, luego los establecidos–; después desapareció la policía, a continuación desaparecieron las putas, y, entonces, finalmente, desapareció el pueblo. Y ahí, de pie en medio de la pampa, bajo el sol blanco del desierto, nos dimos cuenta de que todos estos años habíamos vivido, habíamos trabajado, habíamos engendrado a nuestros hijos y enterrado a nuestros muertos en un espejismo. «Sí, compañeritos, en un espejismo». Se los digo para que se vayan aprontando. Como todos saben, esto les ha ocurrido a varios pueblos y oficinas salitreras. Se evaporan. Se esfuman. Desaparecen en el aire. Tal cual le sucedió a la nuestra. Lo único palpable que nos quedó de toda una vida de sufrimientos fueron estos callos en las manos y los montones de fichas que con sudor y sacrificio habíamos ahorrado y acumulado en tarros de conservas; rumas de fichas de baquelita, de caucho, de cartón, de lata, de bronce; fichas redondas, cuadradas, triangulares, rectangulares; algunas con un agujerito en el medio para atarlas y juntarlas. Fichas que tenían impreso «vale por cincuenta centavos», «vale por un hectolitro de agua», «seña por dos panes», etcétera. Inservibles artilugios que los niños estaban usando ahora como cositas de colores para jugar a las chapas o al corre el anillo.

Cuando Malarrosa oyó que las oficinas estaban desapareciendo como esos espejismos azules que temblaban en el horizonte, y que del mismo modo un día iba a desaparecer Yungay, porque el pueblo con sus casas y sus calles y sus bulliciosos salones de diversión también era un espejismo, se asombró y atemorizó sobremanera.

Comenzó a ver las cosas de forma distinta.

El mundo se le volvió irreal, ilusorio, imaginario.

¿Ella vivía en un espejismo? Por eso entonces en las infinitas tardes de la pampa, cuando se sentaba a soñar despierta en una de las sillitas de paja en que velaron a los dos angelitos –ahora sentía que ellos también fueron un espejismo–, de pronto le daba la sensación de que las tablas y las calaminas de la casa se hacían diáfanas, traslúcidas, y que podía ver perfectamente a través de ellas (ver la jauría de perros de la casa del lado, por ejemplo, cuyos ladridos le llegaban como exhalaciones tibias a sus oídos); le parecía que los rayos de sol filtrándose por los agujeros del techo atravesaban limpiamente el cuerpo de su padre sesteando en el sofá de cuero desvencijado, y que las moscas que venían de la calle, blancas del polvo salitroso, atravesaban los vidrios de la ventana como si fueran de aura. Su mundo se le convirtió en una especie de alucinación. Hasta sus sueños eran de una lucidez inquietante. Soñaba que todos en el pueblo eran transparentes, que el viento pasaba a través de los sombreros –sombreros que no hacían sombra–, a través de los corazones de vidrio soplado, a través de los ojos de la gente que eran del mismo color del viento (o del color de la puna, como una vez le había dicho alguien de los ojos suyos); soñaba que cada una de las personas era un pequeño espejismo viviendo dentro de un espejismo mayor que era el pueblo. ¿Quién le decía a ella que el mundo entero no era sino un gigantesco espejismo, un sueño redondo?

Ahora mismo no podría decir si lo que veía era un espejismo o un sueño. Está en la estación de trenes, el aire se tiñe con los colores de las banderas flameando al viento de las cuatro de la tarde, hay mucha gente alrededor suyo gritando como desaforada, desde el pueblo, en ráfagas de viento, se oyen las marchas triunfales del orfeón animando las festividades patrias, y cerca suyo, muy cerca suyo, las piedras y los granos de arena comienzan a salpicarse con la sangre roja, casi negra, de esos dos hombres peleando encarnizadamente en medio del desierto, aunque ella sólo tiene ojos para a uno, para el señor Oliverio Trébol, el Bolastristes, como le dicen al peleador amigo de su padre.

Entre el rebullicio de los que gritan y enarbolan sombreros y apuestan por uno o por otro, como a través de las gasas de un sueño (o de la seda de un espejismo), oye que alguien interpela a su padre diciéndole que cómo crestas se le ocurre al cojo badulaque haber traído aquí a esta niñita. Y él, sin ningún empacho, riendo a carcajadas, responde como es su costumbre:

«Para que se vaya haciendo hombre, carajo».

Fue dos días después del entierro de Amable Marcelino, exactamente la tarde del 17 de septiembre, que se llevó a efecto la pelea callejera que habría de incidir para siempre en la vida de Oliverio Trébol, de Saladino Robles y de su hija Malarrosa. Y en la que el dedo de la suerte del tahúr muerto comenzaría a ejercer su sortilegio no sólo en el juego de cartas, sino en la vida de los dos amigos. Pero, por sobre todo, en el destino de la niña.

Mientras el pueblo, encabezado por las autoridades y vecinos principales, cumplía con el programa de actividades del aniversario patrio, Oliverio Trébol, en medio de una tropa de apostadores llegados de varias salitreras aledañas, se fajaba a trompadas con el matón de la oficina Eugenia, el pulpero Santos Torrealba. La esperada pelea se llevó a efecto en la estación ferroviaria, detrás del estanque de agua en donde se aprovisionaban las locomotoras.

Así como Amable Marcelino había sido en vida de esa clase de sujetos que entraban por el ojo izquierdo, Oliverio Trébol, el combatiente de Yungay, era un pan de Dios, un tipo que le caía bien a todo el mundo. Tenía la cara borrada por la viruela y el pelo tan indomable que, se peinara como se peinara, se le partía tenazmente al medio, como un libro abierto. Y pese a que su corpulencia inspiraba respeto entre los hombres más bravucones, él se veía siempre de buen aire. Siempre una infantil expresión de asombro le andaba a zancos en sus ojos verde alfalfa.

Le decían el Bolastristes por su cansado modo de moverse. Él aceptaba su apodo mansamente y reía su risita de niño idiota. Sin embargo, bastaba que le tocaran la oreja, que le cruzaran la raya en el suelo, que lo atacaran arteramente, para que se le asomaran las rayas del tigre que llevaba agazapado en sus casi dos metros de humanidad. Oliverio Trébol tenía los puños y la voluntad de hierro de los peleadores cortos de genio. Aunque hasta ahora todos sus pugilatos habían sido contra anónimos matasietes del pueblo, su nombre ya había comenzado a oírse en las cantinas de las salitreras circundantes. Hasta el teniente Verga de Toro le tenía respeto. No tanto por sus peleas callejeras, sino por la bulla que corría sobre su persona. Se decía que en la matanza de San Gregorio, defendiendo a su amigo, el cojo Saladino, había matado a un soldado de un certero machazo en el corazón. Aunque el teniente muchas veces se había llevado preso por ebriedad a los dos amigos, nunca se atrevió a castigar en el cepo al peleador, como sí lo hizo un par de veces con Saladino Robles.

El matón de la oficina Eugenia, por su parte, además de las innumerables contiendas locales, llevaba media docena de peleas con bravucones de otras oficinas. Y estaba invicto. Se trataba de un mastodonte de ciento cuarenta kilos de peso, que trabajaba de cargador en la pulpería. Se decía que para entrenarse se echaba dos cortes de vacuno al espinazo él solito, y, con la sangre de la carga chorreándole espesa por la cara, corría por pasillos de baldosas, subía escalones de cemento y se equilibraba en angostas pasarelas de tablas con la ligereza de un bailarín de ballet. Por todo eso, las apuestas estaban cargadas absolutamente a su favor. Nadie, ni siquiera los propios yungarinos, pensó por un momento que Oliverio Trébol le podría hacer el peso al matón de la oficina Eugenia. Los más optimistas, porque lo habían visto pelear un par de veces por ahí, le daban un empate.

El único que confió ciegamente en él fue su amigo Saladino Robles. El día antes del desafío lo había invitado a su casa para contarle lo del dedo. Al comienzo, Oliverio Trébol no le creyó. Entonces se descolgó el taleguito del cuello, lo puso sobre una pierna y, con suma delicadeza, tal si fuera un relicario conteniendo el dedo de un santo medieval, le mostró el tesoro que custodiaba dentro.

El peleador quedó pasmado.

¡Cómo crestas se le ocurría profanar una tumba por una lesera semejante! Él procedía de una familia religiosa y eso era pecado mortal.

Pero su amigo le tenía tanta fe a su nuevo amuleto, que había vendido lo último de valor que le quedaba para apostar a sus puños. Con una mirada de fanático con fiebre, le dijo que se iban a hacer ricos, amigo Bolas, créamelo. Lo único malo era la fetidez que había comenzado a emanar del dedo del cadáver. Tenía que bañarlo a cada rato con agua de olor. Pero qué diantre, ahora ya sabía cuál era el olor de la buena suerte.

«Huele a muerte», le dijo.

La casa de Saladino Robles se hallaba ubicada en una esquina de la última calle hacia el lado del cementerio. Lo mismo que la mayoría de las edificaciones particulares y estatales de Yungay, estaba construida de calaminas y palos de pino Oregón, tal como las casas de las oficinas salitreras. Lo que las diferenciaba era que las casas del pueblo tenían cielo y piso de madera (las de las salitreras sólo tenían techo de calamina y piso de tierra), y no estaban pintadas todas a la cal, sino que las había de diversos colores. A la casa del jugador aún se le notaba en el frontis el verde botella de sus tiempos mejores.

Por dentro, las tres piezas de la casa se veían desocupadas casi por completo. Apenas una cama, un velador y un cajón de té para la ropa en cada uno de los dormitorios, el del padre y el de la hija; en la cocina, una mesa de madera bruta, una banca de durmiente de línea férrea, un barril para el agua y la tradicional cocina de ladrillos en donde a veces, cuando había con qué, Malarrosa guisaba algo de comer. En la pieza de recibir, la más amplia de la casa, sólo quedaba un antiguo mueble peinador, el espejo de luna biselada y, junto a la ventana, como un cetáceo varado en una playa desierta, el sofá de cuero café, completamente desvencijado, en donde Saladino Robles se tiraba por las tardes a hacer la siesta. En las paredes de las piezas, así como en el magro cierre del patio, se leía, garabateado por todas partes, el nombre de Malarrosa.

En verdad, parecía una casa deshabitada. El jugador había empezado vendiendo las pocas joyas que su mujer había heredado de sus padres; después siguió con los ternos de casimir inglés del abuelo y las colchas de brocato de la abuela. Luego, al morir su esposa, comenzó a echar mano a los muebles. Sólo dos cosas de valor había respetado hasta ahora: el espejo de medio cuerpo, de luna biselada y marco de palo rosa labrado, y el maletín de peluquero del abuelo, de cuero marrón, que contenía todas las herramientas intactas: cuatro máquinas peluqueras, cuatro navajas, una piedra de afilar, un asentador, tres tijeras, un difusor de plata, un mechero de desinfectar, un pelusero y un cisne.

El espejo no lo había vendido por amor a su Malva Martina, pues cuando se embriagaba la veía en el fondo de su luna ovalada y conversaba con ella largamente, le contaba de sus penas y lo solo que se sentía a este lado del mundo, mientras ella lo miraba con sus ojos ligeramente bizcos, como desde el fondo de un lago transparente. El maletín, en cambio, no había querido venderlo porque tenía la esperanza recóndita de algún día, cuando fuese necesario, ganarse la vida honradamente, como el abuelo. Sin embargo, ahora, con el dedo milagroso en su poder, sin dudarlo un solo instante, le había corrido venta al maletín con todo adentro. Ya iba él a recuperar todo aquello que había malvendido por ahí, y mucho más. De eso estaba tan cierto como que el apio no se daba en estos peladeros olvidados de Dios.

«¡Aleluya, hermano!».

Las peleas de matones en la pampa eran inclementes. Sin árbitro, sin tiempo determinado y sin descanso, ni siquiera para tomar agüita. En realidad, no había ninguna clase de reglamento, normas o acuerdo previo que regularizara la crueldad de los combates. Como era un solo asalto, el pugilato duraba hasta que uno de los contendores, comúnmente empapado en sangre, los dientes rotos, la nariz quebrada, los párpados inflamados hasta la ceguera y el rostro entero hecho una sola masa tumefacta, se diera por vencido o quedara tirado como un saco de papas en el suelo.

Lo único que se hacía era dibujar un círculo en la arena, una redondela aproximadamente de cuatro metros de diámetro que por lo general alguien marcaba con el pie. Y ese era el ruedo, la cancha, el ring, el campo de batalla. A veces, con la venía de los peleadores, la redondela se trazaba aún más estrecha, para que de ese modo los contendores no se anduvieran por las ramas, no perdieran el tiempo en saltos y bailecitos de salón, y se dedicaran nada más que a darse duro y parejo.

A dar y recibir brutalmente.

La pelea entre el pulpero Santos Torrealba y Oliverio Trébol había comenzado a gestarse hacía un par de meses, exactamente la tarde de un viernes en que el pulpero masacró al matón de la oficina Bonasort (mandándolo grave al hospital de Antofagasta), y el Bolastristes, la noche del mismo día, en el patio trasero de una taberna de Yungay, derribó a un afuerino que hacía semanas se las venía dando de matasiete y había golpeado a varios parroquianos del local.

Desde entonces los apostadores del cantón comenzaron manejar el desafío y a fraguar el combate. Los encargos y comisiones comenzaron a ir y venir desde Eugenia a Yungay y desde Yungay a Eugenia, casi todos los días. Los recados del pulpero Santos Torrealba eran de un tenor sanguinario y ad hoc: «Te voy a destazar como a un corte de vacuno». Los de Oliverio Trébol caían en el humor y en la burla: «Te voy a dejar más tonto que vacuno mirando el tren». El primero era famoso por su fuerza y sus golpes demoledores, el segundo había venido ganando nombradía de a poco, sobre todo por su estilo y su técnica. Y la bulla de que al fin se había pactado el encuentro y decidido la fecha para el 17 de septiembre, en las inmediaciones de la estación de Yungay, había exaltado en gran manera a los aficionados.

De modo que aquel martes llegó gente de varias oficinas de los alrededores. Nadie quería que le contaran las alternativas de lo que muchos llamaban la pelea del año. Unos se vinieron a pie atravesando los desmontes y calicheras de la pampa, premunidos nada más que de un pan con mortadela y una botellita de agua para el camino. Otros llegaron a lomo de mula. Los que trabajaban de carrilanos se vinieron en volandas, algunas a la vela, otras de tracción manual. Y los más fanáticos, para asegurarse y no perder detalle del combate, se embarcaron –visera y cocaví incluidos– en el tren calichero de las primeras horas de la mañana. Estos últimos alcanzaron a oír los truenos de la salva mayor de veintiún cañonazos, que hizo retemblar las casas de calamina del pueblo; descarga que, según rezaba el programa de Fiestas Patrias, fue cumplida por la Artillería de Montaña General Baquedano.

Estos pugilatos callejeros estaban prohibidos en la pampa y eran perseguidos por la policía y por la vigilancia interna de las oficinas salitreras. Era vox pópuli que en más de una ocasión había ocurrido la desgracia que alguna de estas peleas terminara con uno de los contendores muertos. Por lo mismo, aunque los vigilantes del lugar, o la policía uniformada, estuviesen sobornados –como era el caso de Yungay–, siempre se tomaban algunas precauciones para llegar al lugar en donde se llevaría a efecto el combate, esto para que los vecinos principales de la localidad no reclamaran. Sin embargo, el tropel de apostadores y curiosos que se apareció por el pueblo aquel día pasó completamente inadvertido –los organizadores así lo habían planeado– entre la gran afluencia de gente que había llegado y seguía llegando desde las oficinas salitreras. Como todos los años, hombres, mujeres y niños pampinos, vestidos con sus mejores galas, se venían a celebrar los tres días de festividades del aniversario patrio en el pueblo de Yungay.

El pulpero Santos Torrealba llegó a la estación acompañado de un séquito de eugeninos que lo animaban coreando su nombre y llamándolo campeón. Se vino en dos volandas unidas, a las que le habían acomodado un enorme sillón de mimbre pintado de blanco, como si fuera el trono de un rey. Sentado con aires fachendosos, mientras sus partidarios lo reverenciaban y le daban aire con los sombreros, parecía un soberano de opereta. Era tanta la confianza que tenía en sus golpes y en su fuerza, y tan seguro estaba de que tenía la pelea en el bolsillo, que hizo el viaje como si estuviera en el campo y fuera a una fiesta de la trilla: se vino cantando corridos mexicanos, compartiendo una damajuana de quince litros de vino Tocornal y dándole el bajo a una canasta repleta de empanadas de horno.

La pelea estaba pactada para las cuatro de la tarde, la hora justa en que, según el programa de Fiestas Patrias, repartido una semana antes por toda la pampa, comenzaría en el pueblo la competencia de tiro al blanco; esto con el propósito de que, con el fragor de los tiros y el entusiasmo del público, no se oyera el griterío que normalmente se desataba en estas contiendas.

Era costumbre en cada pelea que la cancha la trazara alguien de la localidad. Sin embargo, en esta ocasión, uno de la comitiva visitante, un caracortada que presumía de lugarteniente del pulpero, se adelantó a todos y, en un provocativo gesto de arrogancia, dibujó él el círculo en la tierra con sus zapatos de color corinto recién lustrados.

Ninguno del pueblo se atrevió a responder la bravata.

Cuando todo estuvo listo para que los peleadores entraran al círculo, Saladino Robles se acercó a su amigo, le tocó ambas manos con su amuleto nuevo y le dijo por lo bajo que, antes de comenzar a pelear, se le acercara al pulpero y le diera recuerdos del derripiador Negrete.

Oliverio Trébol lo miró como a un lunático.

«No entiendo», le dijo.

«Usted hágame caso nomás, amigo Bolas», replicó seguro de sí mismo el jugador.

A su lado, vestida de hombre, con un mameluco de mezclilla cruda y una gorra metida hasta las orejas, Malarrosa miró a Oliverio Trébol y le deseó suerte con una sonrisa triste.

El saludo de los peleadores en el centro del círculo fueron sendos escupitajos al suelo. Engallados uno frente al otro, se miraron sin pestañear. El choque de sus miradas parecía sacar chispas. Cuando alguien hizo sonar el trozo de riel que oficiaba de campana, Oliverio Trébol le dijo entre dientes:

«Recuerdos te manda el derripiador Negrete».

Por un momento el pulpero quedó paralizado. Luego reaccionó y, con los ojos encendidos por el alcohol, le dijo con furia:

«Te voy a descacharrar entero, cara de cántaro».

Y empezaron a darse con saña.

El matón de Eugenia bufaba como un toro y tiraba piñazos como para derribar una pared. Pero lo hacía ciegamente, sin ninguna técnica ni estilo. Oliverio Trébol, poseedor de algunos rudimentarios conocimientos de box, esquivaba los ataques y respondía con fuertes ganchos al hígado y *uppercuts* al mentón. Los pocos golpes que el pulpero lograba pasar y daban en el rostro de Oliverio Trébol, éste los recibía con su eterna sonrisa de niño bueno.

«No vayas desfigurar mi linda cara», le decía con aire de burla.

El pulpero, cada vez más ofuscado, chorreando sangre como un corte de vacuno, lo seguía tambaleante, mientras el Bolastristes, girando y bailando estrafalariamente dentro del círculo, lo aporreaba sin parar.

La pelea duró exactamente treinta y siete minutos.

Duró hasta que el matón de Eugenia no dio más de cansancio y cayó al suelo sin aliento, vomitando una patriótica mezcla de vino tinto, aceitunas y cebolla de empanadas. Tenía la cara hecha un bofe, la nariz fracturada y dos cortes en el pómulo izquierdo. Sus amigos tuvieron que levantarlo entre todos y devolverlo a la oficina cargado en las volandas como saco de salitre.

Oliverio Trébol, por su parte, tenía hematomas en ambos pómulos, un ojo morado y sangraba por boca y narices. Pero se veía muy bien de ánimo. Sentado en un durmiente, mientras Saladino Robles cobraba las apuestas, y Malarrosa, con los ojos llenos de lágrimas, le limpiaba la sangre con un pañuelo mojado, decía riendo:

«Nosotros, los de Campanario, sonamos pero no caemos».

Campanario era un poblado al interior de la ciudad de Ovalle, famoso por sus bandadas de loros que asolaban las plantaciones de la provincia. De allí había partido a la pampa Oliverio Trébol. Primero llegó a la oficina Valparaíso. Tenía apenas veinte años y comenzó a trabajar de particular, o «asoleado», como llamaban a los que trituraban piedras en la pampa. Fue allí que conoció a Roberto Molina, boxeador boliviano de peso pluma, natural de Oruro, quien, en el corto tiempo que compartieron la calichera, le enseñó los primeros rudimentos del pugilismo. El boliviano, todo un caballero en el trato con sus semejantes, era delgado y pequeño, y se movía y saltaba como si tuviera patitas de gorrión.

Oliverio Trébol mojaba tres cotonas por jornada. Trabajaba de sol a sol. La pala, la barreta y el macho de acero de veinticinco libras llegaron a ser como extensiones de sus brazos, lo mismo que en su pueblo natal lo había sido el arado de palo. Con el tiempo llegó a ser uno de los que acopiaba más caliche en un día de trabajo, y por lo mismo al que más le robaban los correctores en su vil costumbre de hacer pasar por inservible el material de buena ley, que luego elaboraban a escondidas. Tras los sangrientos hechos en San Gregorio, hasta donde llegó a apoyar el reclamo de los compañeros, se fue a trabajar a la oficina Florencia. Pero ya no era el mismo.

Después de esa brutal experiencia, algo se le torció por dentro. Ya no trabajaba con el mismo ímpetu. A veces se quedaba acostado todo el día. Empezó a descuidar su persona. Fue por esa fecha que comenzó a ir con sus amigos a las cantinas y burdeles de Yungay. Allí se reencontró con Saladino Robles, a quien había conocido en los hechos de San Gregorio. Y poco a poco, sin darse mucha cuenta, se fue maleando. Descubrió que era una santa verdad lo que repetía su abuelo allá en el campo, sobre que el que andaba con lobos, al tiempo aullaba. «Vamos a remojar el cochayuyo, Bolastristes», lo invitaban sus compañeros de calichera. Él se dejaba convencer fácilmente.

Como la oficina Florencia era la más cercana al pueblo, se arrancaban a diario a divertirse en los salones de las casas de remolienda. Una de esas tardes de juerga, un capataz nuevo, de rostro lunarejo y tan corpulento como él, quiso dejarlo en vergüenza delante de las putas y lo desafió a un gallito. Las apuestas fueron fuertes. Él aceptó por diversión. Cuando le ganó el gallito, el capataz lo retó a tramarse a combos. Él se negaba a aceptar. Manso como era, jamás le gustaba echar la bronca ni pelear porque sí. De su fugaz maestro, el caballeroso púgil boliviano, había aprendido que nunca había que lanzar un puñete sin razón ni recibirlo sin honor. Entonces el capataz cometió la imprudencia de «entintarle la oreja», como se decía entre los asoleados, acto que consistía en humedecerse los dedos con la lengua y tocarle la oreja al contendor. Era la mayor ofensa que se podía recibir. Peor que cruzar la raya.

Las apuestas fueron mayores. Los hombres comenzaron a darse con todo dentro del tugurio, derribaron mesas, quebraron espejos, salieron mancornados por una ventana de cuerpo entero, y terminaron peleando en plena calle, casi frente al cuartel de policía. Pero el capataz no era tan bravo como pintaba y la pelea duró apenas catorce minutos. Oliverio Trébol ganó y se embolsó un muchimal de plata.

Desde esa misma tarde dejó de trabajar.

Llegó a su pieza de soltero dispuesto a ahuecar el ala cuanto antes. Ahí mismo se puso a retobar sus pilchas. Sólo se llevaría sus tenidas de parada. Lo demás, sus cotonas, sus calamorros, sus medias de lana cruda, sus pantalones encallapados y todo lo que tuviera que ver con el trabajo, lo tiró a la basura. A la mañana siguiente, sin cobrar su sueldo, se mandó a cambiar a Yungay, a vivir en una pensión. Allí comenzó a ganarse los morlacos echando gallitos en mesas de tabernas y prostíbulos, y aceptando cualquier reto de pelea a mano limpia. Aunque nunca fue lo que se dice un fanfarrón buscarruidos, sus sonados pleitos lo convirtieron rápidamente en el matón oficial del pueblo.

«Que venga ahora un corrector carajo a decirme que mis golpes son de baja ley», decía riendo su risa de niño gigante.

Una de las particularidades de Oliverio Trébol que más candonga causaba entre sus amigos era que se enamoraba diariamente, y como un muñeco de trapo. Aunque nada más que de mujeres de la vida. Con las mujeres honradas del pueblo era «más corto que manga de chaleco», como le decía Saladino Robles.

Bastaba que entrara a un burdel para que la música, las luces, los espejos lúbricos y ese olor a hembra en celo que atosigaba el ambiente –que los verdaderos machos olfateaban en el aire, a través del olor a humo y a perfumes baratos– lo convirtieran en el más audaz de los enamorados.

Con una sonrisita seráfica nimbándole el rostro, y el corazón encendido como el culo de las luciérnagas, se prendaba para toda la vida de la primera pájara que le mostrara la pierna o le batiera las pestañas. Todo eso porque la primera mujer que tuvo en su vida fue una prostituta. Ocurrió en la oficina Valparaíso, cuando, con diecinueve años recién cumplidos, llegó a la pampa. Él se había venido del sur sin conocer mujer. En Campanario, como todos los niños criados en la soledad agreste de los cerros, aparte de los juegos y competencias manuales, sólo había hecho cochinadas con burras, chanchas y gallinas.

La prostituta que lo desvirgó era un tanto extravagante. Se daba aires de mística. En medio de las fiestas tenía por costumbre sacar del salón a los hombres que le atraían y llevárselos, no a la cama –que la cama era poco reino para sus amores astrales–, sino a la pampa abierta. Y esto lo hacía justo a la medianoche. «Porque es la hora en que más brilla la oscuridad, querido mío», decía misteriosa.

Allí, en plena pampa rasa, mientras fornicaba bajo las estrellas –desnuda como las estrellas–, le gustaba gritar y que le gritaran las más soeces palabras de cama. En las noches de luna llena le atraía hacerlo en la cima de la torta de ripios, o en las lindes del cementerio. Su ascética costumbre de usar la pampa como tálamo la había hecho acreedora de un apodo

no muy acorde con su misticismo. Pero los pampinos eran así y no había nada que hacer: «La Poto con
Tierra», le pusieron.

Para Oliverio Trébol, aquella jornada de amor
en la pampa fue imborrable. Como esa noche no había luna, se salvó de que la prostituta lo hiciera subir
a la cima de la torta de ripios, o que lo llevara a los
extramuros del cementerio. Salieron del burdel cerca
de la medianoche. Iban ebrios y alegres, y llevaban
una botella de champagne espumeando y dos copas
de cristal.

«Vamos a la calichera en donde trabajas», le dijo ella a la salida del campamento.

La calichera no quedaban lejos y no les costó
nada llegar, pese a los tacos altos de la mujer y a la oscuridad reinante. Allí, sobre el acopio de caliche, desnudos como las propias piedras, sintiendo por encima
el girar de las constelaciones, fornicaron como dos
astrónomos locos –astrónomo y astrónoma–, mientras se gritaban mutuamente, a toda pampa, una sar-
ta de improperios y obscenidades cual si fueran los
más bellos florilegios de amor. Esa noche, Oliverio
Trébol sintió por primera vez el vértigo del sexo y el
universo juntos.

«Fue como un machazo en el corazón, cariñi-
to», dijo asustado, aún encima de ella, cuando acabó
de desfogarse. «Como cuando el macho de veinticinco libras da justo en el corazón de la piedra y ésta
se triza enterita. Así fue lo que sentí, cielito».

Y es que, según él, las piedras tenían corazón,
claro que sí –incluso éstas, que eran las más duras del
planeta–, y para partirlas había que voltearlas hasta
hallárselo y, una vez ubicado, se le dejaba caer un so-

lo machazo, seco y fuerte, y la piedra se desgajaba como una granada madura.

Despertaron con el sol ya alto, desnudos como lagartos y todavía machiembrados. Se habían quedado dormidos uno encima del otro. Eran como un bello espejismo obsceno en medio del desierto.

Al despedirse, Oliverio Trébol, impregnado del olor de la prostituta, le preguntó por el nombre de su perfume. Él nunca había sentido algo más olorosito en toda su vida.

«Fan Fan la Tulipa», dijo ella, imitando graciosamente el acento francés. «Me lo traen directamente de París».

Ahora último, Oliverio Trébol andaba amartelado con una de las pájaras de El Loro Verde. Una morena de formas protuberantes, de risa y mirada desvergonzadas, y famosa en el pueblo por sus continuas riñas callejeras. Varias veces había sido detenida por pelear en la calle con otras prostitutas, a veces completamente desnudas. Sin embargo, que fuera una hembra de armas tomar no significaba ningún impedimento para el corazón de caramelo de Oliverio Trébol. Lo que sí lo mantenía en perpetuo desconsuelo, según le contaba llorando a su amigo Salado cada vez que se embriagaba, era el hecho de que la morena, que se llamaba o se hacía llamar Morelia, era de esas hembras sin corazón, que mentían con toda la boca y, lo que era peor, siempre terminaban peinándose para otro.

IV

Bajo el copioso cielo de la pampa, la soledad y el silencio no la aterran tanto como la sensación de libertad que desborda su espíritu. Una libertad total, absoluta, hipnótica. Junto a su madre el mundo no iba más allá del ruedo de su falda plisada, y ahora el aro del horizonte tirita pavorosamente lejano. Se siente un pajarito que, tras vivir enjaulado toda su vida, se enfrenta a un universo que la sobrecoge y la hace buscar los barrotes protectores. Cegada de lejanía, su mente de niña se aturulla buscando comprender tanto aire, tanto espacio juntado. Sus palabras quieren expresarlo y mueren sofocadas en lo exiguo de su lenguaje, como esos pequeñitos remolinos traslúcidos que, a falta de arena, no alcanzan a formarse y se esfuman en el aire. Y por un instante, bajo ese cielo libre, donde todo se le vuelve desmesurado, en medio de esas llanuras infinitas, ella es un pajarito que parece resplandecer de libertad, morir de libertad.

Fue por el tiempo en que aún profesaba la costumbre de comer tierra cuando Malarrosa se dio cuenta por primera vez de lo grande que era el mundo. Tenía apenas cinco años. Sucedió en el funeral de su abuelo. Mientras alguien hilvanaba un discurso fúnebre se soltó de las polleras de su madre, que lloraba desconsolada, y se fue a jugar dentro de un pequeño mausoleo que halló abierto y que a ella le pareció como esas casitas de muñecas que tenían las hijas de los gringos. Cuando salió de allí la gente había desaparecido toda. Por lo menos la gente viva. Nadie la echó de menos. Su madre pensó que estaba con su padre y él confiaba en que andaba con ella. Y tuvo que volverse sola. Del cementerio al pueblo había ochocientos metros. A medio camino, antes de que volvieran por ella, la enormidad del desierto se presentó a sus ojos como un milagro cósmico.

Y algo de esa experiencia, estarcida a fuego en su memoria, había tratado de contarle una mañana a la anciana preceptora en la escuela, en la conversación más larga que había mantenido con alguien hasta entonces. Ella era la única persona, después de que su madre muriera, que sabía sacarle las palabras como desde el fondo de un pozo. Y, más importante aún, sabía prestarle atención.

La señorita Isolina del Carmen Orozco Valverde, como le gustaba a ella que la llamaran, con sus nombres y apellidos completos —así nombraba a cada una de sus alumnas cuando, con su vocecita de campanilla de convento, pasaba lista cada mañana—, era largamente la mujer más longeva del pueblo. Su rostro tenía ya el tono sepia de los daguerrotipos y en sus desvaídos vestidos antiguos uno intuía el corte severo de la mortaja. Sus alumnos decían que era como ver un montoncito de tierra caminando. Hasta en las tabernas se hacían chistes con la longevidad de la preceptora. Los borrachos decían que su perfume olía a cirios derretidos, que al saludarla de mano se le palpaba el sudor frío de la muerte, que el maestro Uldorico la seguía husmeándola como un perro con su huinchita de medir. Y los beodos más exagerados, aquellos que se bebían hasta el agua de colonia cuando escaseaba el vino (enmaliciada, eso sí, con un pichintún de pólvora), comentaban que si uno se le aproximaba un poquito más («¿qué fue lo que dijo, señorita preceptora?») y aguzaba el oído, hasta se podía oír el trabajo de demolición que ya habían comenzado los gusanos en la cartulina apergaminada de su piel pegada al hueso.

La anciana preceptora le tenía estima a Malarrosa. Era su alumna predilecta. Esta niñita que pareciera que papara moscas toda la clase, y que era callada como las piedras (apenas si hablaba lo necesario), era la más buena memoria del curso. Y de las que aguantaba los castigos estoicamente. Nunca lloraba por un tirón de orejas o un reglazo en la mano. Y tan lista para hallar las cosas perdidas. Era la única de las alumnas que sabía siempre dónde estaba mi abanico de encajes, que se me pierde siempre, santo cielo; o su bendito monóculo, que parece que fuera invisible; o ese puntero del diantre, que no está por ningún lado, si parece que aquí hubiera duendes, niñitas, por Dios. Lo único que no acertaba a hallar nunca –para ella que esta chiquilla de moledera se hacía la lesa–, era la piedra pómez con que obligaba a las alumnas a restregarse codos y tobillos, y el peine de hueso con que las despiojaba, una a una, prolijamente, cada lunes tempranito, antes del acto matinal.

La preceptora sabía de la vida de huérfana de Malarrosa. Y le tenía compasión. Conocía muy bien al zopenco de su padre y por eso se esmeraba en amadrinarla, en protegerla en lo que sus menguadas fuerzas se lo permitieran, claro. Hacía dos años a la fecha que ella misma, en persona, había ido a arrebatársela a la casa para llevarla a la escuela. Y ahora la niña ya sabía leer y escribir, y hasta entonaba las estrofas del Himno Nacional completitas, sin equivocarse. Y aunque no era de las alumnas más aplicadas –sobre todo en resolver problemas de matemáticas–, para las artes plásticas era la mejor de todas: sus dibujos de pajaritos cada vez le salían más lindos. Ahora último le estaba enseñando a fabricar caramelos de azúcar quemada. Lo hacía después de clases y en su propia casa, que estaba junto a la escuela. Así la niña, cuando lo necesitara, podría ganarse algunas monedas vendiéndolos en la calle del Comercio, pues no todos los días se moría gente como para que pudiera vivir de su virtuosismo de maquillar difuntos; y con el insensato de su padre no podía contar mucho, pues se gastaba en el juego cualquier moneda que obtuviera por ahí; y la que no, se la tomaba. «Tan mala cabeza que resultó tu progenitor, niñita, por Dios», solía decirle mientras la despiojaba al sol en el pequeño patio de la escuela. Sin embargo, así y todo, la preceptora intuía que Malarrosa adoraba a su padre. Aunque supiera, como lo sabía, que él nunca se conformó con la muerte de los mellizos, y que hubiese dado cualquier cosa con tal de que ella fuese un «niño hombre», y ella hubiese dado todo por serlo y agradar a su padre, de ahí su afán de aprender a orinar de pie, y ya lo había conseguido hacer perfectamente (podía dirigir el chorrito adonde quisiera y era capaz de achuntarle a una botella a un metro de distancia), hasta que ella la sorprendió haciéndolo en el baño de la escuela y tuvo que reprenderla severamente.

Debía ser muy triste para ella todo ese embrollo. Tal vez por eso no hablaba mucho esta niña. Pero tonta no era. Eso sí, la preceptora había notado tempranamente que Malarrosa tenía una ligazón extraña con el tema de la muerte. Y no era sólo porque le gustara maquillar cadáveres o por haber sufrido la pérdida de tantos seres querido a muy temprana edad. Era algo más que eso. Y una mañana, después de clases, en que ella le pidió que la acompañara a su casa, pues no se sentía muy bien de salud, sacándole las palabras casi con tirabuzón, se enteró de que los primeros recuerdos de su vida tenían que ver con la atroz matanza ocurrida en la oficina San Gregorio.

«Es la oficina donde yo nací, señorita».

«Sí, niña, si lo sé».

Eran ráfagas de imágenes y voces que le llegaban no sólo en sueños, sino que a veces en pleno día, cuando se sentaba en la puerta de su casa a mirar los espejismos azules en el horizonte. Más de una vez, cuando su madre vivía, la había oído conversar con su padre, en susurros, a la luz de un chonchón de parafina, sobre aquel hecho sangriento. Y aunque ahora él ya no lo hablaba con nadie, excepto con su amigo el peleador, y sólo cuando creía que ella no lo oía, sí lo hacía dormido. Y Malarrosa continuamente lo oía gritar en sueños. A veces, incluso, le ocurría en las tardes, a la hora de la siesta. «¡No disparen! ¡No disparen, que hay niños!», gritaba angustiado. Y despertaba llorando.

A ella no le gustaba que su padre llorara. Y aunque él se cuidaba de no hacerlo en su presencia, sí lo oía. Y el sonido que más que le dolía en esta vida era ese bisbiseo de perrito huacho de su llanto solitario. Sobre todo cuando lo hacía frente al espejo, hablando con su madre. Esto ocurría siempre cuando llegaba de algún garito borracho, o después de haber llevado alguna mujer a la casa, ocasión en que ella tenía que irse a jugar al patio y no entrar hasta que la mujer se fuera. Ahí era entonces, cuando ella entraba en puntillas por la cocina, que lo oía llorando en la otra pieza, frente al espejo, como si lo hiciera en el regazo de su Malva Martina.

Cómo odiaba ver sufrir a su padre. Aunque él la mayor parte del tiempo la tratara casi con indiferencia. Y nunca la llamara por su nombre. Siempre, dependiendo de su estado de ánimo, le decía Mala, o Malita. Y eso a ella le dolía casi tanto como oírlo llorar. «Es que a mí me gusta mi nombre, señorita». De ahí que, luego de aprender a escribir, lo andaba garrapateando por todas partes. Con un clavo, con un trozo de carbón, o con un palo quemado, y con la mejor caligrafía de que era capaz, escribía:

Mi nombre es Malarrosa

Y lo repetía una y otra vez, como si se tratara de un mantra redentor o un signo de insurgencia.

Últimamente, la señorita preceptora andaba preocupada por la suerte de su alumna Malarrosa Robles Linares, que es como deberías hacerte llamar, niña, por Dios, que para eso tienes padre –aunque sea un tarambana– y, por cierto, tuviste madre. Su inquietud en torno a la niña residía en que se había enterado que doña Imperio Zenobia, la madame de uno de los burdeles, el más bullanguero de los dos que quedaban en el pueblo, le andaba haciendo la ronda para llevársela de asilada.

Cristianos había en el mundo, depravados de mente y alma –ella lo sabía bien–, que no dudarían en pagar una fortuna por acceder a los favores de una ninfa de trece años. Y entre tanto forastero que pasaba a diario por Yungay visitando los burdeles, seguro que abundaba esa clase de pervertidos. Claro, con su ojo clínico para estas carnalidades, seguramente la madame ya se había fijado en el potencial del cuerpo de la niña, a quien ya se le adivinaban redondeces de fruta madura debajo de sus mamelucos de varón (sólo a la escuela iba con polleras); un cuerpo en ciernes que volvería locos a esa clase de crápulas, viciosos, disolutos. ¡Animales! ¡Eso eran, unos simples animales! Tendría que hablar cara a cara con esa mujer. Decirle unas cuantas lindezas. Y si no la oía a ella, entonces se vería obligada a hablar con el señor juez, don Facundo Corrales. Y si aquello tampoco daba resultados, entonces en la próxima visita del sacerdote, el padre Guillermo, se vería obligada a contarle todo para que él, en Antofagasta, intercediera directamente con las autoridades civiles y eclesiásticas de la provincia.

Sin embargo, para encarar a doña Imperio Zenobia tendría que esperar a que ésta volviera de Antofagasta. La señorita preceptora ya estaba enterada de que la mujerona había viajado a ese puerto a buscar un nuevo manflorita para su burdel. ¡Cómo se había indignado cuando lo supo! Hacía tiempo que ella andaba en campaña para sanear un poco la moral del pueblo; ella y un pequeño grupo de honradas damas yungarinas. Continuamente mandaban reclamos a los periódicos de la región solicitando que las autoridades de gobierno tomaran cartas en el asunto e impidieran, de alguna manera, el infamante negocio de trata de blancas que, con todo descaro, llevaban a cabo los regentes y regentas de los lenocinios del pueblo. O, por lo menos, que las autoridades locales hicieran algo para regular el horario en que aquellas mujeres… «galantes», por llamarlas de algún modo, anduvieran sueltas en la vía pública, pues era pan de cada día verlas transitando borrachas y en paños menores. A veces, incluso, completamente calatas. Sí, señoras, sí, señor, por Diosito que me está mirando, tal y como su madre las echó al mundo; si yo las he visto con mis propios ojos. Espectáculo, por supuesto, nada edificante, sobre todo si se pensaba en los pobres niños y en esos santos ancianos que tenían que presenciarlos.

En efecto, Imperio Zenobia, la madame de El Poncho Roto, se había quedado sin maricón. Y justo una semana antes de las Fiestas Patrias, los mejores días del año para el negocio. Y como todo el mundo sabía, un burdel sin maricón no funcionaba. «Es como un circo sin señor Corales», reclamaba la regenta. Y es que en toda casa de diversión el marica constituía una pieza esencial, siempre se alzaba como el alma de la fiesta, devenía siempre en el confidente de las penas y alegrías de las asiladas, y aunque él lo negara jurando con los dedos en cruz, invariablemente terminaba transformado en la oreja de la madame. Además, como bien lo sabían los regentes y regentas del mundo, mientras más histriónico y divertido el maricón, más suerte y dinero traía a la casa. Y tanto mejor si tocaba algún instrumento. Sobre todo el piano. Un burdel con un mariquita al piano era el simún de los burdeles, en verdad, caballero, por Dios, era soberbio, espléndido, absoluto.

El último maricón contratado por Imperio Zenobia, aunque no tocaba el piano, sabía tocar la guitarra como los dioses. Y además cantaba. Hasta ahí todo bien. Lo malo fue que le había resultado un impostor, un sinvergüenza, un embaucador de siete suelas. No se llamaba Filiberto Flores, como tan graciosamente se había presentado (artísticamente se hacía nombrar Fifí de la Flor), sino que tenía un nombre de esos bien machos, como de revolucionario mexicano: se llamaba Francisco Carranza.

Todo eso se lo hizo confesar una tarde, a la hora de la siesta, tras sorprenderlo cabalgándose entusiastamente a una de las putas más solicitadas de la casa. Se trataba de un vividor acoplado en un enganche llegado de Copiapó, que recorría los pueblos del desierto dándose la gran vida haciéndose pasar por marica. Sacando partido a su pelo ensortijado y a su palidez de poeta romántico, conseguía empleo fácilmente en las casas de tolerancia, en donde, aparte del pago, le daban la cama, la comida y el licor gratis. Además, tenía a su disposición a todas las mujeres del burdel, a quienes engatusaba con sus dotes de músico y su voz de gorrión lánguido, especial para interpretar boleros de amores fatales. Según le contaron después las prostitutas que se había beneficiado, aparte de tener buena mano para la guitarra, el falso maricón era un verdadero semental en la cama. Y ella ni siquiera lo había constatado personalmente. Malditas perras traidoras. Eran todas unas malagradecidas.

Por la mañana del 18 de septiembre se supo de una partida de póquer concertada para el día siguiente en el salón de juego de El Poncho Roto. Saladino Robles estaba feliz. Al atardecer, paseando con su hija y con Oliverio Trébol por las calles del pueblo en fiesta, no podía ocultar su satisfacción, y se le veía locuaz y expresivo. Su amigo no lo dejaba de jorobar: «Lo veo más contento que marica con lombrices, compadre Salado», y reía a duras penas a causa de las heridas aún frescas de su rostro.

Es que ahora sí comenzaría a usufructuar de su talismán, rezongaba Saladino Robles. Ahora sí la suerte le llovería a baldadas. Lo ganado en las apuestas de la pelea le parecía un pelo de la cola comparado con lo que comenzaría a ganar desde mañana. Se haría rico jugando a las cartas. ¡Aleluya, hermano!

Siendo el jugador un hombre más bien huraño, insociable, apartadizo con los demás, el único amigo, «lo que se llama amigo», como decía cuando estaba ebrio, era Oliverio Trébol. Sólo con él se entendía, conversaba y se explayaba. Y esa tarde, hablando hasta por los codos, comenzó a tratar de convencerlo de que desde mañana tenía que acompañarlo en los juegos. Tenía que convertirse en su guardaespaldas.

A causa del asesinato de Amable Marcelino, el juego no se haría en el salón del hotel. Había que dejar transcurrir un tiempo prudente, había dicho el dueño. Aparte de los reclamos del comité de damas yungarinas, los editoriales de los diarios de la región comenzaban a exigir más rigurosidad por parte de la justicia en los «hechos criminosos» que día a día ocurrían en el desamparado pueblo de Yungay. «Hay que dejar que se enfríe un poco el muertito», había dictaminado también el teniente Verga de Toro, quien en estos juegos, igual que en las peleas de matones, recibía una comisión por hacer la vista gorda.

De modo que se acordó organizar la partida en lo de Imperio Zenobia, lenocinio que además de tener una estructura adecuada, esa noche celebraba el estreno de su nuevo marica. Saladino Robles dijo que se había corrido la bulla entre los habitués del burdel que el nuevo a primera vista parecía un «Carlos María» común y corriente –no tocaba ni el piano, ni la guitarra, ni ninguna clase de instrumento–, pero que sin embargo poseía una gracia extraordinaria: en mitad de la noche, en un número de transformación nunca antes visto, bailaba el charlestón vestido de *femme fatale*.

Pero, claro, lo más importante para Saladino Robles no era el maricueca bailarín, sino el hecho de que esa noche vendrían al pueblo jugadores de todo el cantón de Aguas Blancas. Incluso, como todos estaban enterados –y sorprendidos a la vez, pues mientras algunas oficinas paralizaban sus faenas, otras estaban trayendo gente–, hacía poco había llegado un enganche desde el sur del país y seguramente en él habrían venido jugadores nuevos. ¿Se imaginaba el amigo Bolas el dinero que se iba a embolsar cuando comenzara a desplumarlos a todos como a pavos de Año Nuevo? Por eso tenía que ser su guardaespaldas. No podía dejarlo solo. Como en el último tiempo se había convertido en el matón de los matones, con él a su lado nadie se iba a atrever a ponerle un dedo encima.

Ante la negativa rotunda de Oliverio Trébol, el jugador comenzó a barrenarle la parte sentimental.

Argumentando, así como el que no quiere la cosa, que en el nuevo enganche, entre todos esos campesinos que venían a ganarse la vida honradamente, que llegaban con una maleta de cartón o un atadillo de ropa por todo equipaje, y que al bajarse del tren, abrazados a sus pobres mujeres avejentadas y a su ringlera de hijos escuálidos, miraban con ojos asombrados estas sequedades sin término adonde vinimos a parar, Virgencita Santa; junto a esa gente de trabajo, como usted muy bien lo sabe, pues, amigo Bolas, llegaban también toda clase de intrigantes, aventureros y malandrines, de alta y de baja estofa. Desde simples ladrones de gallinas hasta despiadados asesinos de sangre fría (como el guasamaco ese que había matado a Amable Marcelino), pasando por salteadores, fulleros, marrulleros, forzadores de mujeres y embaucadores profesionales, de esos capaces de sacar tierra seca debajo del agua. Además, por supuesto, de los infaltables cuentacasos, esos inefables personajes botados a poetas que engatusaban a los borrachos en las cantinas por un vaso de vino y un plato de comida. «Como el mexicano avispado ese, ¿se acuerda, amigo Bolas?, que al final resultó ser más chileno que los porotos con ají color». Y abrazándolo y palmoteándolo zalameramente le recordó a aquel personaje de ojos vivaces y bigotes a lo Pancho Villa, que entraba a las cantinas y fondas de la pampa, ubicaba la mesa mejor provista y se acercaba a presentarse con todo el descaro del mundo: «Qué tal, mis cuates, permítanme presentarme: yo soy Rufino Sánchez Mejías, más conocido como el Tibio. ¿Y saben por qué me dicen el Tibio? Pos me chinga que no lo saben. Ahí les va: porque mi madre era de Aguas Calientes y mi padre de Río Frío». Luego de festejarse a sí mismo con una enorme carcajada («sus bigotazos aleteaban como jote a punto de echarse a volar»), se sentaba a la mesa y se largaba a contar sus casos, uno tras otro, mientras se bebía, se fumaba y se merendaba todo lo que en la mesa había para beber, fumar y merendar.

Pero Oliverio Trébol no daba su brazo a torcer. Él estaba enamorado de Morelia, y ella trabajaba en El Loro Verde. Por lo tanto, no iba a gastar su plata en otro burdel.

«Ni loco que estuviera, pues, compadre».

Antes de separarse —«tengo que encacharme para ir a ver a mi morena»—, el peleador le preguntó a Malarrosa si acaso se le notaba mucho lo morado del ojo. La niña le dijo que no tanto, pero si quería ella se lo maquillaba un poco. «Maquillaje ni cuando me muera», dijo Oliverio Trébol, haciéndose el ofendido en su hombría. Luego miró inquisitivamente a Saladino Robles y le dijo que desde ayer andaba con una pregunta picándole la lengua: «Qué diantre tenía que ver el derripiador Negrete con el pulpero Santos Torrealba, si se podía saber».

Saladino Robles lo apartó un poco, para que no oyera su hija, y sonriendo satisfecho le dijo por lo bajo:

«Es el tipo que se acuesta con su mujer, pues, amigazo. Y él lo sabe».

El jugador no se preocupó más de su amigo. Sabía que por la noche terminaría acompañándolo al burdel de todas maneras. El Bolastristes era más bueno que el pan con grasa. Lo que sí lo tenía preocupado, y sorprendido a la vez, era su propia actitud de ese día. ¿No sería que estaba entrando en vereda? ¿O sería que se estaba poniendo viejo? El asunto era que, por la mañana, luego del eterno cocho guisado del desayuno, después de apartar el dinero para la coima del Verga de Toro, dejó una porción de las ganancias en las apuestas de la pelea y se fue a comprar ropa nueva. Para él y para su hija. Y eso no ocurría desde hacía tiempo.

Para él adquirió dos camisas blancas, un terno de vestir completo –a raya ancha y paletó cruzado, como los de Amable Marcelino–, un par de zapatos a dos colores y un sombrero alón, de esos que también usaba el tahúr muerto. Y para Malarrosa, un par de zapatones masculinos, un pantalón de mezclilla con pechera y una chalequina de lana de color humo, esta última adornada de unos bellos botones triangulares, único detalle femenino de toda la vestimenta. Hacía más de tres años a la fecha, desde antes de la muerte de su Malva Martina, que Malarrosa no estrenaba ropa nueva. Lo mismo ocurría con él. Sus únicos dos trajes domingueros, deslustrados y llenos de zurcidos, ya casi se transparentaban de tanto uso; caso aparte lo constituía su sombrero: ya no le cabía un solo lamparón de sebo. Si siempre fue un jugador empedernido –no lo podía negar–, no siempre había sido tan indolente con su persona. En realidad, había comenzado a caer en la desidia al morírsele los mellizos. Tanto que había anhelado tener un hijo hombre y de pronto Dios le mandaba dos juntitos, pero juntitos también se los quitó enseguida. Como para creer después en su «divina bondad», como decía la señorita preceptora. Y luego la muerte de su esposa había terminado por sumirlo en la dejadez más absoluta; ni siquiera se preocupaba mucho de su hija. Pero ahora sí, carajo, con su nuevo talismán, las cosas iban a cambiar absolutamente.

Miró a Malarrosa con ternura. Sabía que ella andaba incómoda con sus zapatones y su mameluco de hombre. Pero qué diantre, era por su bien. Había comenzado a vestirla de niño desde que se quedó viudo. Entre dejarla sola en la casa y llevarla a los garitos con él, prefirió lo último. Sabía que no engañaba a nadie, apenas hacía menos visible su condición femenina, pues con la blancura de su piel, la forma de sus labios y ese despliegue de pestañas que sacó de su madre –cuyo batir inconsciente era como el llamado nupcial de una hembra en celo–, resultaba muy difícil que pasara por niño. Esto sin mencionar lo inquietante de su mirar alacranado –él ya había notado el efecto que hacía en los hombres– y ese cuerpo en desarrollo que al paso de los meses se iba haciendo más dificultoso disimular en sus ropas masculinas. Justamente por eso esta vez había optado por comprarle un mameluco dos tallas más grandes, y con pechera.

Como cada año para el Día de la Independencia Nacional, esa tarde el pueblo bullía de animación. Familias completas venidas desde las oficinas salitreras, luciendo sus mejores galas, paseaban sonrientes por las calles, animadas por la estudiantina del pueblo que las recorría cantando y declamando versos, mientras los niños batían banderitas chilenas y hacían estallar petardos y la gente del pueblo, influenciada por sus vecinos chinos, lanzaba al cielo bellos globos luminosos confeccionados en papel de seda.

Después que Oliverio Trébol los dejara, padre e hija se quedaron a ver la fiesta de fuegos artificiales en la calle del Comercio. Saladino Robles, con su traje de casimir inglés, cruzado, sus zapatos a dos colores, su corbata con prendedor de vidrio y su flamante sombrero caído al ojo (su taleguito de la suerte disimulado bajo la corbata), trataba de imitar los gestos y el modo de caminar de Amable Marcelino.

Quería parecer tan elegante como él.

No se compró las polainas de badana sólo para que su amigo no lo jorobara. Pero le dijo a su hija que averiguara con la preceptora si en el pueblo había alguna mujer que bordara pañuelos. Se había comprado media docena de pañuelos de seda para llevar en el bolsillo del paletó, y quería hacerle monogramas de esos bordados en «punto sombra», como los que lucía el jugador muerto.

Cerca de las siete de la tarde encontraron en la plaza Prat a la preceptora de la escuela. Como sus anacrónicos sombreros de campana, adornados con flores de fieltro, y sus severos trajes dos piezas eran inconfundibles, la divisaron a varios metros de distancia, entre el bullicioso tumulto de paseantes. La anciana venía saboreando un copo de algodón de azúcar. Antes de encontrarse con ella, Saladino Robles tuvo tiempo de hacer el usual comentario sobre la vejez de la señorita: esta vez dijo que la preceptora paseando en la calle era una abierta provocación al muy noble caballero de negro, don Uldorico.

La señorita Isolina del Carmen Orozco Valverde, tras saludarlos cordialmente, les dio la sorpresa del día. Con la ansiedad de una jovencita de quince, chupándose los dedos pegajosos de azúcar, les contó casi sin respirar que el asesino de su colega, pues don, el jugador de póquer del diente de oro, se había escapado de los calabozos del cuartel. Que aprovechando las festividades del aniversario patrio, el bandido, que en dos días más iba a ser trasladado a la cárcel de Antofagasta, había hecho un forado en el techo y huyó hacia la pampa. La fuga había sido a media tarde, mientras los eficientes señores policías del pueblo, dijo en tono irónico la preceptora, compartían con autoridades y vecinos principales «un remojo de garganta en el acreditado almacén Talca», según anunciaba el programa de Fiestas Patrias. El señor teniente y sus dos ayudantes habían salido ya tras los pasos del fugitivo montados a caballo. Y se comentaba que, de común acuerdo con el señor juez, aún no se había hecho pública la noticia para no alarmar a la población, y porque confiaban, además, en que el criminal sería capturado y traído de vuelta en pocas horas. Pero «pueblo chico, infierno grande», pues, don Saladino, usted sabe, y el rumor ya había prendido como una mecha de tronadura y todo el mundo no hablaba de otra cosa.

Luego de aliviarse del peso de la copucha, y para no hablar de un tema tan espinudo delante de la niña, la anciana preceptora, reparando en la elegancia del padre, le dijo, divertida:

«Tan mundano que lo han de ver, señor Saladino».

«Es que ando en busca de un amorcito», le dijo él, en claro acento de picardía.

«Los amores no se buscan, mi caballero, se encuentran».

«En mi caso, soy tan feo, mi querida señora, que tengo que buscarlos. Y con lámpara».

«"Señorita", si me hace el favor, y la lengua le queda donde mismo. Y para que sepa, señor mío, el hechizo del amor embellece fealdades y doma leones», declamó dedo en ristre la preceptora. Después, en tono asermonado, le dijo que antes del amor carnal estaba el amor al prójimo, y mucho antes, por sobre todas las cosas, el amor a Dios.

«Si yo amo a Dios, mi querida señorita», respondió guasón el padre de Malarrosa. «El problema es que no soy correspondido».

La preceptora se quedó con la palabra «blasfemia» en la boca, porque justo en esos momentos el teniente de la policía y sus dos ayudantes entraban cabalgando por la calle del Comercio.

Recortados contra la tarde aún encendida, los jinetes, entierrados de pies a cabeza, se notaban desalentados.

Venían sin el prófugo.

El 19 de septiembre el pueblo de Yungay amaneció sitiado por el miedo. Por la noche, los vecinos habían echado doble tranca a las puertas, azuzaron a los perros y durmieron con un solo ojo. Algunos se acostaron con el corvo de guerra debajo de la almohada, o con el revólver en la gaveta del velador, y los que carecían de armas dejaron bien al alcance de la mano un mango de picota o una barreta de partir durmientes.

Un asesino andaba suelto.

Al comenzar la jornada del día, de lo único que se hablaba en todos lados era de la fuga del homicida y de la ineficiencia del teniente Verga de Toro para apresarlo. La gente lo comentaba de madrugada en el mostrador de la panadería y en los despachos de verdura; a media mañana, en las disparatadas carreras de burros organizadas en la cancha de fútbol, y a mediodía, en el acto cívico de homenaje a las glorias del Ejército, llevado a efecto en la plaza Prat, mientras «el inteligente literato, señor Font», como decía el programa, declamaba una lírica composición de su autoría en alabanza al benemérito padre de la patria, don Bernardo O'Higgins Riquelme. Después, por la tarde, en la segunda etapa de la competencia de tiro al blanco, no se hablaba de otra cosa. Lo mismo al anochecer en los tradicionales fuegos artificiales de la calle del Comercio, y luego en la clausura de las fondas dieciocheras. En la cena final del distinguido Club Yungay, con la asistencia sólo de las autoridades y lo más granado de los vecinos, ocurrió tal cual. Y ya pasada la medianoche era el tema obligado en cada una de las mesas y mesones de los garitos, tabernas y prostíbulos del pueblo.

En los salones de El Poncho Roto no era la excepción. Y, por lo mismo, Imperio Zenobia estaba que se mordía los codos de rabia. Ella hubiese querido que esa noche nadie hablara de ningún otro asunto sino de la novedad del flamante nuevo maricón de su burdel. Que harto trabajo le había costado encontrarlo y luego convencerlo de venirse a trabajar a la pampa. «¡Qué horror, señora, por Dios!», había exclamado hecho un escándalo cuando se lo propuso. Irse a vivir a esos peladeros de calores insoportables. Ni demente que estuviera una. Si decían que por allá el sol era tan castigador que los cristianos, a pleno mediodía, terminaban disipándose como nubecitas blancas o convirtiéndose en espejismos. Como vio que el mariposón no aflojaría fácilmente, le ofreció el doble de lo que ganaba en los tugurios del puerto. Pero ni con eso el muy mariconazo dio su brazo a torcer. Lo único que terminó convenciéndolo al final, «porque yo soy un artista de verdad, doña», fue saber que bailaría al compás de una orquesta compuesta por diez integrantes de cuerpo presente, y no con música de victrola. Y ahora, la huida de este maleante del demonio le había arruinado la expectación que esperaba en su debut.

Aunque esa noche había cierta curiosidad por el número del mariquita nuevo –que se llamaba Morgano y se paseaba nervioso con su bandeja sirviendo las mesas–, la mayoría de los parroquianos no hacían más que comentar sobre el criminal suelto y lo vano que había resultado su búsqueda. La policía, acompañada por algunos voluntarios, habían recorrido todo el día los ripios y las calicheras viejas; habían rastreado palmo a palmo los cerros y las quebradas de los alrededores; habían dado la voz de alarma a los serenos y vigilantes de las oficinas más cercanas –los que también salieron a buscarlo–, y hasta el momento no se había logrado hallar ni el más mínimo rastro del hombre. Parecía haber sido tragado por la pampa.

En la sala acondicionada para la partida de póquer, aledaña al salón principal, llena de pinturas de desnudos y espejos de marcos labrados con motivos sexuales (llamada, por eso mismo, la Sala de la Lujuria), mientras los hombres aguardaban el inicio del juego, el tema tampoco era distinto. Al manflorita nuevo ya lo habían visto trajinando por la casa y, aparte de su palidez extrema y los insustanciales saltitos de paloma con que se desplazaba por entre las mesas, no le encontraban mayor gracia, ni parecía ser nada del otro mundo. En cambio, como la mayoría de los allí reunidos había estado en el hotel la noche del crimen y, cual más, cual menos, ayudó a reducir al asesino, el tema los tocaba directamente. De modo que entre bromas y risas nerviosas, los jugadores se metían cuco uno a otro diciéndose que usted, amigazo, está encalillado hasta las masas con el asesino, ya que fue usted mismo quien más patadas le puso en el traste. Y usted acuérdese que lo amarró a la plancha de la cocina, pues, ganchito. Claro que sí, pero todos estarán de acuerdo conmigo en que fue el amigo aquí presente el que le puso un piñazo en el rostro que le hizo saltar el chocolate de las narices, cuando ya estaba atado y no había necesidad de hacerlo. Yo que usted, paisanito, me cuidaría mucho de andar por ahí muy tarde en la noche.

Sin embargo, una vez comenzada la partida, ya nadie se acordó del tema y todo el mundo se concentró en el juego.

Saladino Robles empezó la partida con una racha de suerte increíble. Los que lo conocían de antes estaban impresionados con su juego. Cómo había cambiado el cojo bribón este que andaba con su hija para arriba y para abajo. Si era otro. Porque, aparte de cambiarle la suerte, estaba irreconocible físicamente. Ahora se parecía a Amable Marcelino. Claro que sí. Era como si el tahúr muerto se hubiese reencarnado en él con sombrero alón y todo. Si hasta parecía haber adquirido su asombrosa cara de póquer (siempre se dijo que el sombrero de Amable Marcelino era más expresivo que su rostro). Y es que Saladino Robles no sólo se había preocupado de presentarse al juego vestido con la elegancia dudosa del jugador asesinado, sino que trataba de emular cada gesto y detalle de su estilo: cortaba con la misma frialdad, repartía con la misma displicencia y trataba de mirar con la agudeza de búho con que todos recordaban que miraba el muerto. Igual que Amable Marcelino, ahora afrontaba las situaciones haciendo gala de una autoridad y un dominio sobre sí mismo que no se le conocía. Su único gesto explícito, luego de mostrar sus cartas y arrasar con el bote, era besar su taleguito colgado al cuello.

En cuanto su padre comenzó a jugar (resguardado de su amigo Oliverio Trébol), Malarrosa se fue a conversar con Margot, la prostituta más joven de la casa, una colorina que por tener cara de niña buena y una estentórea risa de puta feliz —«toda llena de flecos y cositas alegres», pensaba Malarrosa–, fue de la que primero se había hecho amiga.

Las primeras veces, cuando comenzó a acompañar a su padre a El Poncho Roto, lo que hacía era ponerse a dormitar cerca de él, en alguno de los mullidos sillones de felpa roja; o cuando la batahola y el fandango de la noche eran especialmente escandalosos y no la dejaban dormir, se ponía a colorear pajaritos en un cuaderno, con una concentración a prueba de cataclismos. Sin embargo, pasado un tiempo comenzó a familiarizarse con el ambiente, con la música, con las luces, con las risas y los chillidos de las mujeres, y con las tonadas de doble sentido cantadas

a coro en las mesas por los parroquianos más bella-
cos y libertinos. De a poco comenzó a adquirir confianza y a recorrer los salones, los pasillos y los más
oscuros recovecos de la casa. Muchas veces sorprendió a parejas en pleno coloquio amoroso, y aunque al
principio el espectáculo la amedrentaba, luego fue
tomándolo con naturalidad y hasta se quedaba espian-
do embelesada. Ahora bien, lo que más le gustaba era
mirarse y hacer muecas en los grandes espejos que había por doquier. Y aunque de primera no hablaba con
nadie, pasado un tiempo empezó a intercambiar palabras con los músicos de la orquesta. Al primero que
se atrevió a hablar fue al pianista, un hombrecito re-
choncho, con cuello de tarro de paté, que era el que
más confianza le inspiraba (se lo imaginaba de niño,
sentado en el suelo aporreando un piano de juguete,
y se reía sola). Lo que más le gustaba de él era cuando en las madrugadas se ponía a cantar unas canciones tristes y llorosas que llamaba tangos. Después
supo que el pianista estaba enamorado, sin ser correspondido, de su amiga Margot («las mujeres», le
oyó decir una vez, mirando de lejos a la joven prostituta, «juegan con su belleza como con una navaja»).
Por eso, cada noche, al final de la fiesta, cuando afuera ya rompía el alba y los clientes se habían marchado,
se tomaba la última copa y, sentado a su piano, con el
sombrero echado al ojo, se ponía a cantar tangos, ter-
minando siempre con uno que llevaba el nombre de
la prostituta. A Malarrosa le gustaba especialmente
esa parte que decía: «Ya no sos mi Margarita, ahora
te llaman Margot».

Después, de una en una, fue entablando amistad
con las prostitutas. Siempre había mirado a esas mu-

jeres con una mezcla de temor y admiración, lo mismo que su madre. Ella recordaba a menudo cómo su madre se quedaba mirando a estas mujeres cuando se las encontraba en la calle o en alguna tienda; mientras las damas del pueblo se horrorizaban de su presencia, y hasta se persignaban, Malva Martina se las quedaba viendo fascinada, con un brillito de envidia bailoteándole en los ojos. Le gustaba como se peinaban, como se maquillaban, los colores con que se vestían, le encantaba su desparpajo y su espíritu libertario. Tal vez de ahí, del ejemplo de su madre, provenía su predilección por estas mujeres, a quienes, luego de unos días, comenzó ayudarles a cepillar el cabello, a limarles y a pintarles las uñas de los pies y, sobre todo, a retocarles el maquillaje, que era lo que más interesaba a las mujeres. Incluso lo hacía con la Coña, una vieja hetaira española, devota de Santa Ágata, que yacía postrada en una de las habitaciones más oscuras de la casa, enferma de sífilis –Imperio Zenobia la mantenía y amparaba no tanto por ser buena samaritana, sino «porque la vieja sabe hacer sahumerios de brujas y sacar cuentas mejor que un judío»–, cada fin de semana se daba el trabajo de peinarla y acicalarla para que la mujer, sentada en un viejo sillón de fieltro, se asomara a las fiestas del salón principal.

Encantadas con esta mocosa tan vivaracha, las prostitutas la regaloneaban con chicles americanos, pastillas Violetas y esos bombones importados, rellenos de licor, que cada noche les traían de regalo los clientes más palo grueso de la casa, bombones que ella nunca había probado y que de verdad son lo más riquito del mundo, se los juro, señoritas. Ellas le celebraban con grandes risotadas. Y aunque a veces jugaban a pintarla y a vestirla con sus atuendos de putas, también la cuidaban de los borrachos más sátiros y manilargos, entre los que se contaba el propio teniente Verga de Toro, quien ya hacía tiempo que le había echado el ojo. A veces, cuando tropezaba con ella en los salones del burdel, medio en serio, medio en broma, amenazaba con llevársela presa a esta niñita vestida de niñito –¿o era un niñito con cara de niñita?– si no venía y le daba un beso ahora mismo. Pero ante la dura expresión de su rostro (y la mirada de reprobación de las mujeres), el policía se largaba a reír del geniecito de perro que se gastaba esta legañosita del carajo, para terminar indicando –como en la fábula del zorro y las uvas, decía Imperio Zenobia– que al fin y al cabo nunca le habían gustado las marimachas.

Por su parte, Oliverio Trébol, que finalmente terminó acompañando a su amigo a El Poncho Roto, aquella noche se tomó en serio su trabajo de guardaespaldas y sentado a horcajadas en una silla detrás de su amigo, no le quitaba el ojo de encima. Había dejado a Morelia esperando en El Loro Verde. Pero en cuanto terminara la partida se iría volando a verla.

El único respiro que se dieron los jugadores esa noche fue para asomarse a ver la actuación de Morgano. El salón principal estaba repleto. A la hora del espectáculo, el maricueca fue anunciado con el rimbombante nombre artístico de ¡Morgana, la Flor Azul del Desierto! Entonces, se apagaron las luces. Los hombres, como siempre ocurría en tales circunstancias, comenzaron a gritar, a golpear las mesas y a hacer escándalo. Cuando se iluminó el escenario y apareció lo que apareció, fue apoteósico. Ninguno podía creer lo que veía. A nadie le entraba en la cabeza que esa maravilla que fulguraba ahí arriba fuera el mismo marica sin gracia que minutos antes se paseaba entre las mesas acarreando copas y botellas. La transfiguración era total. El sol que destellaba sobre el escenario era una mujer protuberante, sensual, bellísima: lucía una peluca plateada que le llovía sobre los hombros como una cascada de champagne, calzaba unos delicadísimos zapatos tacos de aguja que estilizaban y realzaban aún más su figura, y vestía un traje de terciopelo azul, constelado de lentejuelas, que se amoldaba a un cuerpo largo, delgado y sinuoso, como de serpiente. Apareció fumando en una larga boquilla de cristal, refulgiendo un tintineante ornamento de aretes, collares y pulseras. Sin música, en medio de un silencio casi de iglesia, con los hombres contemplándola con la boca abierta y los ojos de orate, se paseó por el escenario cimbreando sus caderas redondas, batiendo sus pestañas como abanicos y lanzando miradas que hacían ulular de ardor a los asistentes. Sin dejar de fumar y soplar besos con su boca roja, húmeda, acorazonada, se paseó un instante de un lado al otro del proscenio, se paseó con la confianza de un mago mostrando las mangas y el sombrero: nada por aquí, nada por acá; aquí no hay trucos ni engaños, todo lo que ven es auténtico, real, efectivo. Y, en verdad, allí no había ningún pelo de hombre, ningún órgano de varón, ningún olor a macho, sólo una mujer, una bella y legítima mujer, o el espejismo de la más bella hembra que ojos de pampino habían visto jamás por estas comarcas de desolación, se lo juro, paisita, por las recrestas.

Y es que Morgana, la Flor Azul del Desierto, parecía más mujer que todas las mujeres que miraban atónitas y desconcertadas a ese coso que se movía ahí arriba con más gracia que ellas, reía con más coquetería que ellas y exhalaba más sensualidad que ellas; pero si es como para no creerlo, linda. Sin embargo, faltaba lo mejor. De pronto, la artista se detuvo en medio del tablado, exhaló una bocanada del humo gris de su boquilla de cristal, la dejó sobre el piano con un exquisito gesto estudiado, lanzó el último beso, levantó sus brazos, enguantados también de terciopelo azul (el silencio se hizo más hondo y sagrado todavía) y, a una orden suya, hecha graciosamente con el dedo índice, la orquesta –cuyos músicos se habían quedado como hechizados en su sitio– pareció volver en sí y rompió en un alegre charlestón de moda. Allí quedó la debacle. Los hombres aullaban, ululaban, zapateaban, lanzaban su sombrero al aire, se miraban entre ellos y se decían que no podía ser verdad lo que sus ojos estaban viendo, paisanito, por la poronga del mono; pero esa mujer, perdón, ese maricón del diantre, amigazo, parece a punto de dislocarse el tambembe de tanto menearlo.

El debut de Morgana, la Flor Azul del Desierto, fue extraordinario. «Delirante, si me perdonan un poco», decía Imperio Zenobia, inflada de orgullo por su nueva adquisición. Su increíble belleza y su gracia para bailar la convirtieron en la estrella de las noches yungarinas. En verdad, según la opinión de los parroquianos más entendidos, aunque el charlestón en Europa estaba pasando de moda, aplastado por un nuevo ritmo llamado *Black Botton*, Morgano o Morgana bailaba con la gracia y el estilo incomparable de la mítica bailarina de cabaret Josephine Baker, «La Venus de Ébano». Aquella noche, las mujeres de El Poncho Roto envidiaron alegremente a esa mujer de mentira. Si hasta a don Uldorico, asiduo parroquiano de la casa, siempre encorvado sobre su vaso en la mesa más rinconera del salón, lo vieron levantar la cabeza y abrir un poco más sus ojitos de buitre enfermo. Incluso un parroquiano juraba por su madrecita muerta unos días atrás –que había sido medida por la huincha del susodicho– que en un instante lo vio ponerse de pie y aplaudir rabiosamente.

Esa noche, los hombres más hombres de la pampa, los calicheros de torso cincelado por el viento, los de manos más duras que el cuarzo, esos que se llevaban todo el día, a pleno sol, partiendo piedras grandes como catedrales, no sabían qué hacer con su hombría puesta en peligro por esa especie de ángel vestido de lentejuelas, fumador en boquilla de cristal y excelso bailarín de charlestón. Como el mismo mastodonte de Oliverio Trébol, quien completamente embebecido, con la mandíbula caída de asombro ante la belleza de la bailarina –«bailarín, amigo Bolas, bailarín»–, se olvidó para siempre de que una hembra de verdad lo esperaba en El Loro Verde.

Lo que terminó de maravillar y cautivar el espíritu del peleador fue la fragancia del perfume que usaba la bailarina –«bailarín, le digo, amigazo»–. Y es que, en un momento, cuando bajó del escenario y se puso a contonear sus caderas por entre la concurrencia, al pasar por su mesa –ubicada en primera fila, cerca del piano– le había olido el mismo perfume de la puta mística, se lo juro, amigo Salado, esa que lo había desvirgado en la calichera de la oficina Valparaíso.

«Se llama Fan Fan la Tulipa», le dijo extasiado. «Nunca más se me olvidó el nombrecito del perfume».

El juego terminó al amanecer. Saladino Robles nunca había ganado tanto dinero. ¡Y en una sola noche! Tras darle su porcentaje a Imperio Zenobia por concepto de local y por la atención a la mesa de juego («de aquí tengo que darle su tajada al baboso del teniente», dijo la madame), despertaron a Malarrosa, que había terminado dormida en uno de los sofás de felpa, y salieron a la calle.

El alba apenas quebraba sobre los cerros.

A esas horas, equilibrándose dormido entre el día y la noche, el pueblo de Yungay parecía ingrávido, etéreo, impalpable. Daba la impresión de que en cualquier momento podía elevarse sobre el desierto y esfumarse como una visión en el aire. Sólo el terrenal canto de los gallos lo mantenía anclado a la tierra.

Camino a casa, sin dejar de contar los billetes, Saladino Robles no paraba de dar unos estrambóticos pasitos de baile (que su cojera hacía más estrafalarios), besar a cada rato el taleguito con el dedo del muerto y alzar las manos al cielo exclamando alborozado:

«¡Aleluya, hermano! ¡Algún día la puta suerte tenía que cruzarse en mi camino!».

Oliverio Trébol, a su lado, iba extrañamente silencioso. Al llegar a la casa se disculpó y no aceptó la invitación a tomar una taza de té. Interrumpido por los ladridos de los perros del chino de al lado, dijo que le perdonara su negativa, pero estaba muerto de sueño. Después de recibir un puñado de billetes de mano del jugador, como pago a «sus servicios de seguridad», dijo que tenía tantas ganas de echarse a la cama que ni siquiera pasaría por El Loro Verde.

Se iría directo a la pensión.

Apenas el peleador se alejó unos cuantos pasos, Saladino Robles, como pensando en voz alta, gruñó que este huevón del Bolas se había vuelto a enamorar.

«Y como un perrito nuevo».

Malarrosa, con una cara de sueño irresistible, se lo quedó mirando inquisitivamente, como preguntándole de quién. Él abrió la puerta y la hizo entrar con un papirotazo en la mollera. Que no fuera curiosa la niñita, que esas eran cosas de hombre.

«Aunque no sé si esta vez es tan de hombre», acotó con ironía.

Desde esa noche su suerte en las cartas comenzó a cambiar como por arte de magia. En las partidas locales no había quien lo ganara. En compañía siempre de su hija, y ahora también del peleador, formaban un extraño trío en los garitos y burdeles yungarinos. El Poncho Roto, que cada noche se llenaba de bote a bote por la novedad del maricón bailarín de charlestón, terminó convirtiéndose en su centro de operaciones. Mientras él se instalaba a jugar y Malarrosa se iba a conversar con las putas sin compañía, o con los músicos de la orquesta en sus minutos de descanso, o a fumar sus primeros cigarrillos a escondidas, Oliverio Trébol, con un trago en la mano, cogía una silla, la apostaba cerca de su amigo y, sentado a horcajadas, cumplía su papel con la severidad y el empaque de un guardaespaldas de jefe de Estado.

Pero Saladino Robles sabía que si el peleador lo acompañaba cada noche –y hasta había dejado de ir a El Loro Verde por hacerlo–, era por un motivo más fuerte que el sentimiento de amistad: su amigo se había enamorado del maricón Morgano.

Y hasta el fondo del vaso.

«De Morgano, no», decía Oliverio Trébol cuando el jugador se lo echaba en cara, muerto de risa. «De Morgana, la Flor Azul del Desierto».

Y esto era tan cierto que mientras el maricueca, simplemente como Morgano, se paseaba todo cocoroco por entre las mesas del lupanar, Oliverio Trébol ni siquiera lo miraba. Además, descubrió que el perfume francés lo traía sólo cuando se transformaba en mujer. Sin embargo, bastaba que se apagaran las luces y se iluminara el escenario y la madame Imperio Zenobia, ayudada de un megáfono, comenzara a saludar al público buenas noches, señoras y señores, *ladies and gentlemen*, muy buenas noches, *good-evening* (como nunca faltaban gringos entre la concurrencia, había aprendido a chapurrear algunas palabras en inglés). A continuación, El Poncho Roto, el cabaret más elegante y distinguido de Yungay, tiene el agrado de presentar el espectáculo que todos ustedes están esperando; directamente desde los más famosos *nigth-clubs* de la ciudad de Antofagasta, dejo con ustedes a la más bella y exótica bailarina de charlestón de toda América, a la espectacular, a la incomparable, a la única: ¡Morgana, la Flor Azul del Desierto!, sólo bastaba eso para que el peleador dejara todo lo que estuviera haciendo y se instalara en la mesa reservada para él en primera fila, cerca del piano. Oliverio Trébol contemplaba su espectáculo con el mismo asombro y fascinación con que contemplaría una aurora boreal.

Fue por esos mismos días, pasadas las Fiestas Patrias, cuando comenzaron los robos en las casas y en las tiendas, y los asaltos en los caminos y senderos hacia las salitreras. Todo indicaba que se trataba del criminal que había asesinado a Amable Marcelino.

La gente comenzó a alarmarse. Sobre todo los jugadores que lo redujeron, lo maniataron y lo entregaron a la policía. Aunque Saladino Robles no lo había golpeado, sí ayudó a reducirlo y a atarlo, y eso lo tenía intranquilo. «Justo ahora cuando estaba pensando iniciar las giras de juego por las otras oficinas», refunfuñaba con gesto agrio.

«No se preocupe, amigo Salado», le decía Oliverio Trébol, sonriendo bobalicón. «Si ese mequetrefe se asoma por aquí no lo dejo bueno ni para la huincha de don Uldorico».

V

El espejismo se abre: es una rosa creada de pura reverberación, del puro vapor de las arenas ardientes, de la pura imaginación de la piedra; irrealidad pura, puro sueño de piedra convertida en rosa incorpórea, volátil, traslúcida como las alas de las libélulas. Así es un espejismo en el desierto, tan irreal que sólo existe en la pupila del que lo mira, del que cansado y sediento otea el horizonte como husmeando el mar, como olfateándolo con la vista, y en vez del aroma marino sólo ve formarse ante él un espejismo, una ilusión que va ampliándose, dilatándose, como inflada por un soplador de vidrio. Así se originan los espejismos: por la gracia del que mira. Porque un espejismo no existe si no se le mira, como Dios no existe si no se lo piensa. Así nace un espejismo y así muere, se desvanece, se evapora, como el reflejo en la retina del que miró y vio una rosa tenue, ingrávida, etérea, tan irreal como el eco de la imaginación

Innumerables eran los espejismos creados a lo largo de los años en las comarcas afiebradas de la pampa. Sin embargo, dos sobresalían como los más recordados y aludidos por la gente: la silueta bíblicamente mansa de Nuestro Señor Jesucristo levantando polvo por los caminos de salitre, y la aclamada actuación, en los más diversos escenarios de la pampa, de Enrico Caruso, el afamado tenor italiano de la voz de cristal.

A Jesucristo lo habían visto predicando en las calles de varias oficinas, con la misma prodigalidad y sencillez sagrada con que lo hacía en las tierras de Galilea. Aunque algunos incrédulos afirmaban que sólo se trataba de un alunado del valle del Elqui que, tras la muerte de su madre, se ciñó una penitente túnica de color carmelita, se calzó unas sandalias viejas y se largó a evangelizar por los caminos de la patria, así y todo, muchos lo veneraban como si fuese de verdad el Mesías, y le prendían velas y le pedían favores y juraban haberlo visto haciendo toda clase de prodigios en las plazas de piedra de las viejas oficinas. Uno de sus milagros más sonados, según sus devotos, lo hizo mientras predicaba una tarde de vientos a la entrada de la oficina Aurelia, en el cantón Central. Intempestivamente arreció un remolino de dimensiones gigantescas, de esos que los niños llamaban «colas del diablo», y girando y rugiendo amenazante se aproximó hasta donde se hallaba el Cristo con sus feligreses. Entonces, serenamente, sin inmutarse, sin que se le moviera un solo pelo de su barba hirsuta, levantó una mano al cielo y le hizo una especie de vade retro que lo detuvo al instante. «Yo lo vi con mis dos ojitos», decían después las veteranas del lugar, jurando por Dios y la Santísima Virgen que el remolino se quedó girando donde mismo (que extático en el aire semejaba un tembloroso álamo de arena), después el rugido se le fue haciendo ronroneo y de a poco comenzó a perder fuerza, hasta que, luego, ante el deslumbramiento de sus devotos, terminó por desmoronarse sobre sí mismo en leves partículas de polvo muerto. Dicen que la gente, caída de rodillas, lloraba a gritos.

Lo mismo ocurría con el espejismo de Enrico Caruso. Eran legiones sus admiradores que contaban haberlo visto y oído cantar en algún teatro o filarmónica de la pampa. Se sabía de algunos que aseguraban, con la mano en el corazón, que el famoso cantante de ópera se había paseado por las pampas de Tarapacá en una gira triunfal financiada por un industrial salitrero cuya esposa se había enamorado de su voz hasta la locura. Por su parte, los comerciantes más viejos de Yungay no eran menos. Ellos juraban por Dios y por San Lorenzo, patrono de los mineros (y protector de los sopladores de vidrio), haber visto a Caruso una tarde en un tren detenido en la estación, asomado a la ventanilla de un coche especialmente acondicionado para él. Que la locomotora había sufrido un desperfecto (unos decían que la avería fue causada de adrede) y que el tenor, aburrido de tan larga espera, y a pedido de la muchedumbre que se juntó a saludarlo y colmarlo de regalos, subió sobre la plataforma del coche y desde ahí, tras contemplar conmovido el espejeante círculo del horizonte pampino, se mandó a cantar un aria que hizo retemblar las calaminas de la estación. Algunos viejos todavía cuentan, sin siquiera arrugar el entrecejo, que aquella vez Caruso lucía un sombrero de ala corta virado al ojo izquierdo, que tendría unos cuarenta años, y que era bajito y robusto como el Toromocho, uno de los más renombrados matones de la oficina Pepita. Y hasta se atrevían a dar el nombre del tema interpretado por el tenor. *O sole mío*, decían que cantó. Y que lo hizo de manera tan extraordinaria que los pobres pajaritos de la plaza del pueblo, humillados por el prodigio de esa voz tan cristalina, no piaron durante dos semanas completitas.

Algo similar estaba ocurriendo ahora con el asesino prófugo. Se había convertido en un espejismo. A todos se les aparecía en alguna parte. Alguien dijo haberlo entrevisto una noche, emponchado y sigiloso, deslizándose por el lado de atrás de la estación ferroviaria. Otro lo vio salir una mañana desde el corral del cementerio, juraba que lo vio aparecer entumido y todo entierrado desde una fosa desocupada, donde había pasado la noche cubierto con una colcha de flores y coronas de papel requemadas. A un grupo de calicheros de la oficina Valparaíso, que un atardecer, amontonados en una volanda de manivela, venían al pueblo en son de jarana, les pareció divisarlo tranqueando por el camino de tierra que corría paralelo a la línea férrea, y que desde lejos, pasándose la mano de canto por el cuello, les había hecho el signo de degollamiento. Algunas veces era vislumbrado a la misma hora en dos o tres lugares distintos. El hombre parecía tener el don de la ubicuidad.

En las domésticas conversaciones de tiendas y tabernas, en las agitadas ruedas de esquinas y sitios públicos, un detalle comenzó a inquietar sobremanera a los habitantes de Yungay: nadie podía dar señas precisas de cómo era el prófugo. Ni siquiera a los que jugaron esa noche con él y luego le dieron la frisca les resonaba muy bien la cara del asesino. Tan poca cosa era el meteco, que ninguno recordaba nada en particular. Si lucía alguna cicatriz, por ejemplo. Si tenía el pelo claro. Si era de nariz aguileña o la tenía más bien porcina. En lo único que coincidían todos era en su mirada huidiza, solapada. Pero nadie podía decir a ciencia cierta de qué color eran sus ojos. Ni siquiera los policías, pues éstos, afanados y entonados como andaban con las actividades de Fiestas Patrias, tras encerrarlo en el pulguero, apenas si habían entrado una vez al día a dejarle pan y agua. El único que había tratado un poco más con el asesino fue el señor juez. Pero lamentablemente, apenas dos días atrás, don Facundo Corrales se había sentido mal de salud y hubo de ser llevado de urgencia al puerto de Antofagasta. Y, según las últimas noticias, se hallaba internado en el hospital de ese puerto con el diagnóstico preocupante de una úlcera gástrica perforada.

Y todo aquello hacía más difícil su persecución y captura. Y doblemente riesgosa. Porque se estaba buscando a alguien sin rostro; se estaba persiguiendo una sombra. Y por lo mismo, cualquier persona asustada podía confundirse y apuntar y acusar a quien no era. O, peor aún, paisanito, cualquiera de nosotros podía ser confundido y acusado como el homicida, y hasta ser atacado.

Cuando la noche del sábado, en uno de los negocios de billar, mataron al mercachifle Corindo Sazo, la psicosis se hizo colectiva. Tras jugar la última partida y tomarse unas cuantas copas, el comerciante se tendió en una de las mesas de billar, acomodado con la cabeza para el lado de la ventana abierta. Según contaban los testigos, cuando el reloj de pared marcaba las doce y media de la noche se oyeron dos detonaciones. Al principio creyeron que se trataba de balazos hechos al aire por algún borracho demasiado festivo, pero tras el sobresalto, uno de los parroquianos se percató de que el paño de la mesa donde dormía Corindo Sazo se teñía de rojo, y entonces se dieron cuenta de que el hombre había recibido los dos disparos en la cabeza, y que estaba muerto. Cuando los pocos contertulios de esas horas salieron a ver quién había sido el carajo de los disparos, no había nadie en la calle. El hechor se había desvanecido en la oscuridad. Lo preocupante del asunto era que Corindo Sazo había sido uno de los jugadores que se hallaba en el hotel la noche del crimen de Amable Marcelino, y uno de los que cooperó para reducir al homicida. A decir verdad, el mercachifle había sido uno de los que más se ensañó con el hombre.

El miedo al fantasma del asesino suelto se hizo entonces más intenso entre los habitantes del pueblo. De nada sirvió que los amigos más cercanos a Corindo Sazo dijeran que el autor de los disparos pudo haber sido uno de los tantos maridos engañados que se la tenían prometida, pues, como todos sabían, el mercachifle era un calavera, un «pichula suelta» que aprovechaba su profesión de vendedor a domicilio para meterse con una y otra mujer, no importándole si eran solteras, viudas o casadas. Y no sólo en Yungay, sino en todas las salitreras que recorría ofreciendo sus cortes de casimir inglés.

Sin embargo, y pese a todo, de ahí en adelante cuanto crimen ocurría en el pueblo, de menor o mayor cuantía, se le atribuía al «Hombre sin Cara», como empezaron a llamarlo algunos.

Todo era cargado a su cuenta.

Y como para exorcizar el miedo, la gente comenzó a ironizar con cada delito que ocurría en el pueblo. A hacer pullas y sarcasmos. Cuando se metieron a robar a la tienda de ropa La Chupalla, «la tienda que tira sus precios a la challa», dijeron que el asesino, como se paseaba por las calles del pueblo como Pedro por su casa y cuando le daba la real gana, necesitaba andar limpio y presentable. Algunos aventuraron que, tal vez, vaya a saber usted, ganchito, hasta podía estar viviendo confortablemente en alguna de las varias casas que en el último tiempo habían ido quedando deshabitadas. Cuando, un día de pago en las salitreras, un asaltante solitario atracó a dos «particulares» que volvían ebrios a la oficina Eugenia, dijeron que el asesino seguramente necesitaba la plata para comprar bombones y llevar a cenar a algún amorcito. Después, cuando se metieron a la casa de doña Ramona, la de la pensión Las Tres Marías, y le robaron sólo una de sus decenas de gallinas castellanas –eso sí, la más gorda–, insinuaron que el prófugo andaba débil al caldo y necesitaba comerse una cazuela enjundiosa para seguir huyendo y burlándose del Verga de Toro.

Para rematar el cuadro de paranoia («para mí que ahí le echaron con la olla, comadre») se dijo que había sido obra del asesino también –que él habría abierto la reja– cuando una de esas tardes de abulia un toro negro de cuatrocientos kilos se arrancó del camal y se metió por las calles asustando a las mujeres, alborotando a los niños, embistiendo a lo que se le cruzara por delante y causando una batahola que duró casi dos horas antes de que los matarifes –con la ayuda de algunos voluntarios achispados que salieron corriendo de una taberna en donde la bestia se metió derribando mesas y dejando un estropicio de copas y botellas rotas– lograran lacearlo y volverlo a su encierro.

Como el hombre buscado no tenía cara, la gente comenzó a creársela por su cuenta, según su propia fantasía. Cada uno hacía el retrato hablado del criminal a imagen y semejanza de sus más espantosos temores y pesadillas de infancia. Se hablaba de su horrible expresión de fiera sanguinaria, de su voz escalofriante, de sus ojos inyectados en sangre y de su aterradora mirada que, del puro susto, paisanito, a uno lo deja con la sangre en los talones.

El gordo jefe de estación, don Antonio Antúnez, que decía haberlo visto bajar del tren el día de su llegada al pueblo, conversando una mañana con un grupo de personas, entre las que se hallaba la anciana preceptora de la escuela, juró por sus engominados bigotes de columpio que algo le vio en la frente, algo parecido a un tatuaje o a una cicatriz, y que tenía la forma de la letra C. La señorita preceptora se apuró en indicar que ese era el estigma de Caín, pues, señor mío. Y se persignó apuradamente. Otro día, el español dueño de la panadería Castilla salió con la nueva de que el prófugo era pariente nada más y nada menos que de Silverio Lazo, alias El Chichero, feroz criminal que había asolado la pampa años atrás y que, según se decía, había pasado por Aguas Blancas en su huida hacia Chañaral, en donde fue abatido a balazos por los soldados que lo seguían. Y esto se lo había dicho a él una persona muy vinculada a los medios policiales de Antofagasta.

«O sea, tíos, el horno no está para bollos».

Sin embargo, el asunto se tornó realmente serio un lunes por la mañana, tres semanas después de la huida del asesino, cuando hallaron muerta a la propia preceptora de la escuela, señorita Isolina del Carmen Orozco Valverde.

La hallaron tirada en la mampara de su casa.

La primera versión que circuló sobre la muerte de la preceptora fue que había sido estrangulada. Y, por supuesto, todos pensaron de inmediato en el asesino suelto. La gente, atemorizada hasta el delirio, se unió para protestar contra la ineficacia de la policía. Patrocinados y armados por los comerciantes mayores del pueblo, algunos hombres organizaron cuadrillas a caballo que, junto al teniente y sus ayudantes, recorrieron y exploraron todos los lugares posibles en donde pudiera estar guarecido el homicida. Por su parte, las pocas señoras que quedaban en Yungay, especialmente las amigas de la occisa, coparon las oficinas de correos y telégrafo enviando furibundas cartas a los periódicos de la provincia, instando a las autoridades a que se ataran los pantalones con un riel y por fin tomaran cartas en el asunto. Fue tal el escándalo armado por el círculo de damas yungarinas, que desde Antofagasta se envió un destacamento de militares del Regimiento Esmeralda para cooperar en la búsqueda y captura del criminal. La cacería duró una semana. Rastrearon uno por uno los cerros circundantes, las quebradas, las calicheras viejas, las oficinas abandonadas. No obstante, todo fue en vano. O el individuo conocía muy bien la pampa y sus recovecos, o era invisible este cabrón del carajo, como decía el teniente, por las noches, tras llegar de la batida con las manos vacías. Contaban las prostitutas

que el Verga de Toro, encorajinado por la imposibi-
lidad de darle caza al prófugo –y aprovechándose de
que el juez no estaba en el pueblo–, llegaba por las
noches a los burdeles a emborracharse y a amenazar
a todo el mundo con meterlo en el cepo si lo miraban mucho, y a desquitarse de su fracaso policíaco
con ellas, usando brutalmente su vergajo de animal.

Malarrosa fue quien halló muerta a la preceptora. Como siempre hacía cuando la señorita se retrasaba más de lo corriente (a veces amanecía descompuesta
por sus achaques de vieja y ella iba y la ayudaba a levantarse), al ver que ya era largamente pasadas las ocho
de la mañana y no aparecía en el aula a dar sus leccio-
nes, la fue a buscar a su casa.

La halló tirada de bruces en la mampara. La señorita estaba vestida con la saya de color carmelita con
que acostumbraba a impartir sus clases –que más bien
parecía cilicio de penitente–, y mantenía su rosario firmemente apretado entre las manos. Un ángulo de sol
entraba por la puerta entreabierta y, como un manso
minino amarillo, se recostaba tibiamente sobre su espalda. Antes de avisarle a nadie de su hallazgo, Malarrosa la acomodó lo mejor que pudo en el suelo para
que la hallaran en una posición digna, le ordenó las
polleras, le amoldó la placa dental –que con el golpe
se le había desprendido– y, rezando un padrenuestro
que la misma preceptora le había enseñado, le bajó los
párpados piadosamente.

Esa mañana, el boticario no se encontraba en el
pueblo. Había salido de madrugada hacia la oficina
Florencia a atender a uno de los gringos que hacía
una semana no paraba de llorar por un dolor de muelas. Cuando cerca del mediodía llegó al pueblo, tra-

yendo como trofeo de guerra la pieza dentaria del gringo, que de verdad parecía de caballo (y contando como gracia que se la había extraído en seco, sin una gota de aguardiente, «porque a estos carajos hay que hacerles pagar de alguna manera la explotación que hacen de los pobres obreros»), se dirigió de inmediato a la escuela a examinar el cuerpo de la anciana que en vida había sido gran amiga de su mujer.

Mientras examinaba el cadáver, alguien dijo que don Uldorico ya había pasado por allí con su huinchita de medir, y don Rutilio se indignó hasta el sulfuro. «Buitre de moledera», exclamó por lo bajo. El boticario y el «funebrero» eran enemigos declarados. Se tenían una reticencia recíproca. La gente decía que eran cara y cruz. Uno parlanchín; el otro silencioso. Uno casado, lleno de hijos; el otro solitario como un lobo. Uno de mejillas rozagantes, siempre vestido de blanco; el otro de tez cadavérica, ataviado siempre de negro. Uno disponía de tres recetas para salvar la vida: alivioles, tilo y tela emplástica; el otro ofrecía tres clases de ataúdes para hacer el viaje postrero: de tabla bruta, de tabla cepillada y de tabla barnizada.

Tras los primeros reconocimientos, el boticario encontró que, aparte de los moretones de la caída, el cuerpo no presentaba ninguna herida atribuible a algún arma, ni signos de haber sido estrangulada, como decía la bulla que corrió en un comienzo y que la gente creyó a pies juntillas. Después, cuando dictaminó que si la señorita preceptora no se había caído muerta de vejez, tuvo que haber sufrido un paro cardíaco, en la calle cambió el rumor y se comenzó a decir que al salir de su casa, la pobrecita se había

encontrado a boca de jarro con el asesino y su lon-
gevo corazón no pudo resistir el susto.

La velaron en la única sala que constituía la escuela. El sacerdote de Antofagasta, ataviado con todos sus paramentos litúrgicos, viajó especialmente a
darle los santos oficios, y todo el pueblo la acompañó
en la misa y luego en el funeral. Malarrosa, con la ve-
nia de su padre, estuvo junto a ella durante todo el ritual fúnebre; desde que la encontró tirada en la puerta
de su casa, hasta que la sepultaron en una fosa de tierra cavada en lo más central del cementerio, sector re-
servado sólo para los muertos ilustres del cantón. No
se separó ni un minuto del cuerpo yacente de su querida preceptora. Sentada junto al féretro veló toda la
noche sin bostezar una sola vez; al día siguiente cargó la cruz de madera en la procesión hacia el camposanto (la llevó todo el trayecto, sin dejar que ningún
otro alumno la ayudara), y, tras la homilía del sacerdote, fue la última en abandonar la tumba cubierta
enteramente de flores de papel (hasta antes de entrar
a la escuela, Malarrosa creía que las flores eran esas
cosas bonitas que hacían las mujeres con papel de seda cuando moría alguien, y que la primavera sucedía
sólo en los cementerios). A escondidas de todos, para
que ninguno se opusiera ni dijera nada, Malarrosa le
acomodó dentro del ataúd su puntero de roble, el peine de hueso y la piedra pómez, adminículos que, ahora sí, no se demoró nada en hallar en los estantes de la
escuela vacía. «Por si en el cielo hay escuela, señorita», le había susurrado al oído.

Luego del entierro, y como ya era natural que
así sucediera, el comentario obligado de las mujeres
era lo admirablemente compuesta que Malarrosa ha-

bía dejado la carita de su querida preceptora. Tan extraordinaria resultó su labor de «arrebolarle las mejillas», como decía la finada, que al asomarse al féretro a mirarla por última vez, la gente se maravillaba de la visión y salía diciendo que, de verdad, la niñita de Saladino Robles había logrado el milagro de rejuvenecer a la anciana después de muerta.

Lo otro que murmuraban las sorprendidas mujeres era que por primera vez habían oído a la niña hablar más de una palabra seguida. Mientras cumplía su promesa de maquillar a la señorita en su lecho de muerte, la habían oído conversar largamente con su cadáver. Como de ordinario la niñita era tan silenciosa que parecía muda, las matronas que la oyeron se habían quedado admiradas.

«Por lo que se ve, comadrita linda, sí habla con los muertos», decían, persignándose, las más gazmoñas.

Mientras Malarrosa arrebolaba el cadáver de la señorita Isolina del Carmen Orozco Valverde, aún recostado en la cama, a la espera de que el caballero Uldorico terminara de cepillar y barnizar el féretro, sola en la habitación, pensando que nadie la oía, comenzó a hablarle bajito, con voz «apianada», como acostumbraba a decir la preceptora —«apiáneme la voz, señorita, por favor», reconvenía a las alumnas más loras de la clase que, creyéndola sorda como una tapia, respondían a sus preguntas casi gritando—. Primero le pidió mil perdones y disculpas por pintarla con los polvos y coloretes de una prostituta, pero no fue mi

intención, querida señorita, es que los suyos propios
se le habían acabado y en el comercio todavía no llegaban de Antofagasta, de modo que se había visto en
la obligación de pedirle prestados los afeites a una de
sus amigas de El Poncho Roto. Pero que no se preocupara, que incluso era para mejor, pues los implementos de la Margot –que así se llamaba su amiga–
eran de mucha más calidad que los suyos, ya que a
ella, como era la más joven y bonita de la casa, se los
traía directamente desde la capital uno de sus amigos
que era administrador de una salitrera. Y luego comenzó a hablarle sobre un asunto que hubiese querido contarle cuando aún estaba viva, señorita Isolina,
créame, pues sólo a ella alguna vez se animó a contarle detalles de su vida de niña huérfana, como la experiencia de aquel día, por los tiempos en que aún
comía tierra, cuando, perdida en la pampa, se dio
cuenta por primera vez de lo grande que era el mundo y lo lleno que estaba de horizontes. Pero si no se
lo contó antes, se lo contaba ahora, y era igual, porque ella sabía que la podía oír perfectamente, que la
estaba oyendo ahora mismo, pues su abuela Rosa Amparo siempre decía que los muertos nos siguen oyendo incluso después de que los enterramos bajo tierra.
De modo que ahí, pegada al oído, casi bisbiseando,
para que no oigan las señoras escuchonas de la otra
pieza, le contó que unos días atrás, cuando acompañó a su padre a la oficina San Gregorio, había conocido a un niño dos años mayor que ella, un niño que
trabajaba acarreando los rollos de películas de una oficina a otra, y que se habían dicho sus nombres, y luego él la había invitado a dar una vuelta en su bicicleta,
una bicicleta azul, y después habían conversado en el

teatro con el caballero que pasaba las películas, quien le contó cómo habían ocurrido los hechos de la matanza en la oficina (al fin lo había sabido), y que «el niño de las películas», o «el niño de la bicicleta azul», como lo llamaba a veces, le gustaba mucho, mucho, casi tanto como le gustaba el caballero Oliverio Trébol, el amigo de su papá, sí, el peleador de la cara punteada por la viruela. Que, por favor, no se enojara la señorita preceptora, que ella sabía muy bien que no estaba bien enamorarse de un adulto, pero no era su culpa, simplemente no había podido evitarlo; aunque el peleador era un gigante muy feo y sus manos eran grandes como las palas que llevaban los mineros, tenía un corazón de pajarito, parecía un niño disfrazado de hombre, y lo mejor de todo era que no la miraba como la miraban los demás hombres, especialmente el caballero fabricante de cajones de muertos, que cada vez que la miraba con sus ojillos de ave carroñera ella sentía algo frío correrle por el espinazo; no, a ella le gustaba cómo el peleador la miraba y la trataba, cómo le hacía cariño en la pera cuando le hablaba, o cómo, cuando era más chica, al terminar su padre de jugar a las cartas ya de madrugada, él la despertaba con un beso en la mejilla y la enarbolaba sobre los hombros para llevarla a su casa. Si la señorita quería que le dijera la verdad, ella sentía que el peleador era más cariñoso con ella que su propio padre. Muchas veces quise contarle esto a usted, señorita preceptora, pero siempre me arrepentía. Sin embargo, ahora que conocí a este niño, que dijo llamarse Manuel, que no sé cuándo volveré a ver, y que tiene los ojos del color de los cerros y parece tan triste como los cerros (me contó que su padre había muerto en la matanza de obreros), ahora que lo conocí a él, digo, ojalá se me pase el enamoramiento por Oliverio Trébol, pues si algún día se llegara a enterar mi papá, no sé qué haría, son tan amigos los dos. Mi papá siempre dice que fue él quien lo salvó de que los soldados lo mataran en San Gregorio. A lo mejor por eso me enamoré de él. Y es que usted sabe que yo quiero mucho a mi papito y sufro cuando le ocurre algo malo. Ahora anda un poco triste, pues dice que justo cuando la buena suerte se acordó de él (con una ayudita mía, pues tengo que confesarle un secreto: yo le corté el dedo a don Amable Marcelino), dice que justo cuando estaba empezando a ganar dinero, han comenzado a circular rumores de que el pueblo va a desaparecer, señorita preceptora; imagínese, igual como han desaparecido tantas oficinas salitreras en la pampa. Dice la gente que las oficinas desaparecen enteritas, con sus casas, sus calles, sus pulperías, sus teatros y sus pequeñas plazas de piedra, que desaparecen en el aire como si fueran espejismos, y dicen también que si las oficinas dejan de existir, el pueblo también se muere, desaparece, se evapora igual que los espejismos. Y eso, como todos lo saben, ya está ocurriendo, pues cada vez va quedando menos gente, y se ven más casas abandonadas, algunas incluso ya las están desarmado. Yungay ya está desapareciendo, señorita preceptora, se está desvaneciendo en el aire, y ella no quería quedarse sin su pueblo, ella no quería que su calle y su casa desaparecieran. Adónde se iba a ir a vivir con su padre, adónde, dígame usted, señorita Isolina, por amor de Dios, si dicen que en Antofagasta, que es donde se van todos, ya está lleno de gente sin trabajo. Claro que por lo único que le gustaría irse al puerto sería por ver el mar. Y es que mi sueño siempre ha sido conocer el mar, señorita, usted lo sabe. Y cada vez que, por las tardes, se sentaba fuera de su casa a mirar el horizonte, hacia el lado de los cerros, por donde se ponía el sol, ella se imaginaba el mar volando como un pájaro.

Al final, cuando acabó de maquillarla, mientras guardaba los implementos en su bolsita hecha de saco harinero, bordada con pajaritos de colores, sintió que iba a llorar como no había llorado nunca, ni por su madre ni por sus hermanitos ni por sus abuelos, y se abrazó al cuerpo inerte de la señorita preceptora. Pero no lloró. Las compuertas de su llanto estaban selladas. Después de un rato, las vecinas que preparaban las coronas en la habitación contigua, y que la estaban observando a través del vidrio roto de una ventana, tuvieron que desprenderla del cuerpo de la finadita a la fuerza, y prepararle una agüita de aliento para restituirle el alma a esta pobre niñita que, por Dios, comadre, tanto que quería a su preceptora. Pero no la vieron llorar.

Cuatro días antes de que hallaran muerta a la preceptora, cuando en la oficina San Gregorio (rebautizada después de la matanza como Renacimiento), Malarrosa conoció a Manuel, el niño de las películas.

Era la hora de la siesta en la pampa. Las ardientes calles de la oficina se veían desiertas y el sol parecía no avanzar un milímetro en mitad del cielo. Su padre, el peleador y ella habían llegado a San Gregorio la tarde anterior, se habían pasado toda la noche en una partida de póquer, y por la mañana, a causa de un dolor de estómago de su padre, habían perdido el tren de vuelta. Como el próximo salía recién a las seis de la tarde, después de almorzar en la fonda de los obreros, su padre y su amigo se metieron a la barbería, más por hacer tiempo que por el deseo de afeitarse. Ella, en tanto, se quedó afuera, sentada frente al barracón de calaminas que hacía de teatro, levantado a un costado de la plaza.

Desde allí, mientras con un palo escribía en la tierra *mi nombre es Malarrosa*, vio venir a un niño en una bicicleta azul. El muchacho tendría un poquito más edad que ella y pedaleaba zigzagueando indolentemente, maniobrando con una sola mano, mientras con la otra se iba echando a la boca algo que sacaba de un cucurucho de papel café. Al pasar a su lado le dedicó una sonrisa. Ella bajó la cabeza avergonzada. Tras dar un par de vueltas por la plaza desierta, el niño se detuvo a su lado y le ofreció palomitas.

Ella le sonrió, pero le dijo que no con la cabeza.

«Me llamo Manuel», dijo entonces el niño. «Pero me dicen el Pecoso. Adivina por qué».

Ella sonrió de nuevo mirándole su cara constelada de pecas.

«Mi nombre es Malarrosa», dijo apenitas.

«Sí, ya lo leí en el suelo», dijo él. «Aunque al principio creí que eras un niño. Perdona».

Ella balbuceó que no importaba.

El niño desmontó de la bicicleta, la dejó en el suelo y se sentó junto a ella. «Pon la mano», le dijo. Y le vació un puñado de palomitas confitadas. «Están recién hechas. Te van a gustar». Después le preguntó de dónde era y cuántos años tenía. Malarrosa le contestó sin mirarlo, con los ojos puestos en las palomitas. Era verdad que estaban recién hechas, las sentía tibias y pegajosas en su mano. Y olorositas. Luego el niño le preguntó si quería ver una cinta de película y, sin esperar respuesta, sacó del bolsillo de su camisa escocesa un trozo de celuloide y se lo pasó.

«Tienes que verla contra el sol», le dijo.

Malarrosa, usando su mano libre, puso la cinta contra el sol y cerró un ojo. Era la escena de un hombre con sombrero de vaquero conversando con una mujer muy linda. La misma escena repetida en todos los cuadros. Y se lo dijo:

«Es la misma foto repetida».

«Así son las películas», dijo el niño.

Cuando Malarrosa le devolvió la cinta, él la invitó a dar una vuelta en bicicleta. Ella titubeó. Después, pensando que su padre tenía para rato, ya que en la barbería había contado a otros cinco caballeros esperando, aceptó.

Mientras daban vueltas por la línea del tren –ella sentada en la parrilla de atrás, comiendo sus palomitas–, el niño le preguntó por qué se vestía con ropa de hombre. Malarrosa, toda turbada, dijo que como tenía que viajar mucho con su padre por las oficinas, era más cómodo andar con pantalones que con polleras.

«Pero no soy marimacha, por si acaso», remató por sobre su hombro.

El niño dijo que nunca lo había pensado. Al pasar frente a la administración se detuvo y le indicó que ahí, a la entrada del edificio, se había cometido la matanza. Y le contó que su padre había sido uno de los obreros muertos. Malarrosa le dijo que su familia también había vivido ahí por aquella época, cuando ella tenía apenas tres años, y que su padre había resultado herido en una pierna. Luego de un par de vueltas alrededor del campamento volvieron a la plaza. Sentados frente a la barbería, el niño, que tenía catorce años recién cumplidos y una seriedad poco común para su edad, comenzó a contarle que, después de algunos años, al reiniciarse las faenas en la oficina, le habían cambiado el nombre, y que lo habían hecho con el propósito de borrar de la memoria de la gente el recuerdo de la masacre. Al hacer desaparecer el nombre querían hacer creer que San Gregorio no existió nunca, que fue un espejismo, que la matanza misma fue un espejismo, que las balas que mataron a mi padre y casi matan al tuyo fueron un espejismo, que la sangre corriendo espesa por las calles era un espejismo.

«Don Lucindo dice que quieren hacernos creer a nosotros mismos, los sobrevivientes, que somos el espejismo de un espejismo», dijo formal el niño. «Que por eso la gente se niega a llamar Renacimiento a la oficina y sigue nombrándola San Gregorio, como una forma de demostrar a los asesinos que nadie se ha olvidado de los caídos».

Malarrosa se decía que el niño hablaba como uno de esos hombres que ella alguna vez oyó discursear en la estación de trenes en Yungay, unos hombres de aspecto oscuro a los que la gente llamaba ácratas y cuyas palabras parecían salir incendiadas de sus bocas. De cuclillas junto a la bicicleta azul, admirada del fervor de sus palabras, ella le pidió que le contara cómo habían ocurrido los hechos aquel día de la matanza. Su padre nunca le contaba nada, y lo poco que sabía lo había captado en hilachas de conversaciones entre él y su madre, cuando vivía; o por lo que hablaba en esos sueños terribles que tenía, en que se despertaba gritando y bañado en sudor. El niño le dijo que don Lucindo, el operador del teatro de San Gregorio y antiguo dirigente obrero, le podía contar todo, tal y como ocurrieron los hechos. Que el anciano era su amigo. Y también su jefe.

«Yo trabajo llevando los rollos de las películas de una oficina a otra», dijo con orgullo. Y le explicó que, como a la pampa llegaba una sola copia para dos o tres oficinas, apenas se exhibía el primer rollo en el teatro de San Gregorio, él debía llevarlo a toda carrera hasta el teatro de la oficina Castilla, luego devolverse por el otro y después por el otro, y de esa manera se daba diez vueltas en su bicicleta. Le contó que muchas veces, cuando se le pinchaba una rueda o se le cortaba la cadena, tenía que dejar tirada la bici en cualquier quebrada y correr a todo lo que daban sus patitas cargando el rollo para llegar antes de que acabara el otro. De lo contrario, el público se ponía a silbar y a golpear el piso con los pies y la trifulca que se armaba era de los mil demonios.

Después, bajando la voz y en forma misteriosa, le dijo que le iba a contar algo que no debía contárselo a nadie, pero como ella también era una sobreviviente de la matanza no había problemas. Entonces, acercándose más a ella, le dijo que él era correo de la Federación Obrera de Chile, que valiéndose de que recorría la pampa diariamente, a veces se desviaba de su ruta y pasaba a entregar los mensajes en las calicheras viejas en donde los obreros se reunían a escondidas. Le dijo que muchas veces se quedaba un ratito a oír lo que se decía en esas reuniones clandestinas, y que por eso había aprendido tantas cosas sobre las injusticias cometidas contra los obreros. Además, claro, de todo lo que le enseñaba el anciano operador del teatro.

«Si quieres vamos al tiro a ver a don Lucindo», le dijo entusiasmado. «Él te puede contar sobre la matanza».

Malarrosa hizo un gesto de asentimiento y cruzaron hacia el barracón del teatro.

Como los días de semana el teatro sólo exhibía películas en función nocturna, el recinto a esas horas se mantenía cerrado. Entraron por una pequeña puerta lateral. En esos momentos el viejo operador se hallaba en la sala de proyección aceitando las maquinarias y reparando los cortes en la cinta de la película a exhibirse esa noche. Subido sobre un taburete, parecía el almirante solitario en la sala de máquinas de un barco abandonado, encallado en el desierto.

«Él vive y muere cuidando sus maquinarias», le murmuró el niño al oído.

Resultó que el viejo conocía perfectamente al padre de Malarrosa. Y había conocido también a su madre. Como no estaba enterado de que había muerto, le dio su más sentido pésame y le dijo que la señora Malva Martina había sido una gran mujer. Y muy bella.

La película que se exhibiría esa noche era *El pibe*, de Charles Chaplin. Al terminar de reparar los cortes, el operador le preguntó a Malarrosa si quería ver un pedacito de la película. Malarrosa asintió entusiasmada. Como en Yungay no había teatro, ella sólo había visto dos películas en su vida, las dos en la oficina Bonasort, junto a su madre.

«Claro que sin la sincronización de un piano no es lo mismo», dijo el anciano. «Pero peor es mascar lauchas».

La pequeña función privada emocionó enormemente a Malarrosa. Lo que más le gustó y la hizo reír fue la escena en que el niño quebraba los vidrios de los ventanales y después Chaplin, que era vidriero ambulante y estaba coaligado con él, llegaba a vender sus cristales.

Luego, como ya eran las cuatro de la tarde, el anciano sacó un pequeño lonchero de hojalata y los invitó a que lo acompañaran a tomar el té. «Lo único bueno que nos han traído estos gringos es el té», dijo sonriendo tristemente. En las últimas lunetas del teatro, sentados con la informalidad de un picnic, don Lucindo comenzó a contar lo ocurrido aquel 3 de febrero de hacía poco más de una década. A medida que avanzaba la narración, a Malarrosa le parecía oír el resonar de las balas, el gemir de los heridos, los gritos de las mujeres y el llanto de los niños, y en medio de ese infierno de sangre imaginó a su padre caído entre la multitud, herido a bala en su pierna, y ahí, en un instante de revelación, tuvo la certeza de que todo eso no lo estaba imaginando, sino recordando; sintió claramente que ella había estado allí, en medio de la multitud y el fragor de las balas. Entonces se acordó de golpe de algo que le había oído decir a su madre una de esas noches en que, creyendo que ella dormía, hablaban de la matanza: «Debimos haber dejado a la niña con sus abuelos».

Don Lucindo terminó de contar los sucesos con la voz entrecortada por la emoción. Para disimular sus lágrimas sacó un pañuelo arrugado y se sonó estruendosamente las narices. El niño, aunque ya había oído antes el testimonio del viejo, dijo que mientras lo oía hablar le pareció estar viendo una película.

«Una película hablada».

Don Lucindo, para distender los ánimos, tras mandarse la ultima buchada de té, ya helado, dijo que gracias a los nuevos inventos del hombre, en un tiempito más iban a llegar por estos lados las películas con sonido. Que ya en Estados Unidos habían aparecido las primeras, en donde, además de las voces de los actores, se oía el canto de los pájaros, el silbato de los trenes y hasta el ruido de la lluvia al chocar con los techos.

Malarrosa, con los ojos enllantados, tras permanecer largo rato en silencio, dijo quedito:

«Va a ser como oír un espejismo».

«Como es sabido por todos, muchachos, al término de la Gran Guerra la venta del salitre en el mundo bajó de golpe y porrazo, pues el producto se usaba principalmente en la fabricación de explosivos. Además, los países europeos en guerra habían acaparado grandes cantidades y, por lo tanto, tenían reserva para varios años. De modo que vino la crisis y las oficinas comenzaron a apagar sus humos y a dejar sin trabajo a miles de obreros. En las pocas salitreras que seguían trabajando se recurría a la rebaja de salarios y después, de todas maneras, a los despidos: echaban a sus trabajadores sin ninguna clase de consideración y, lo que es peor, sin pagarles desahucio. Y los obreros, con sus familias a la rastra, sin un cobre en los bolsillos, eran embarcados en trenes hacia los puertos más cercanos, en donde llegaban a vivir como pordioseros. Antofagasta, por ser el puerto mayor del norte y cercano a las salitreras, era donde confluía la mayor parte de los pampinos despedidos, y se estaba convirtiendo en una ciudad invadida de cesantes. Eran miles los obreros sin trabajo viviendo con sus familias en carpas levantadas en las plazas públicas, o en las playas, y alimentándose de la caridad de la gente. Ellos, que se habían ganado el pan con sudor y sacrificio, en uno de los trabajos más infames del planeta, tenían que sobrevivir ahora de las limosnas que salían a pedir por las casas, como si fueran unos parias.

»Fue por ese tiempo que la jefatura de San Gregorio dio aviso que paralizaría sus faenas, y que los trabajadores, con sus mujeres y sus niños, tendrían que abandonar el campamento. Los obreros, entonces, viendo todo lo que pasaba con los despedidos de las otras oficinas, exigieron un desahucio. Los empresarios se escandalizaron. Dijeron que era "legal y moralmente" improcedente pagar nada, pues ellos habían avisado con quince días de anticipación. Apoyados por la Federación Obrera de Chile, los obreros respondieron que no se moverían de la oficina mientras la firma no les pagara al menos quince días de desahucio. Era lo más justo.

»El administrador, Daniel Jones López, un renacuajo que se hacía pasar por gringo y que le gustaba que lo llamaran míster Jones, avisó por teléfono a Antofagasta para informar que los obreros se habían sublevado. La Intendencia envió de inmediato un destacamento de cinco carabineros a cargo del teniente Lisandro Gaínza para que se asentara en la oficina. Después, como la tensión continuaba, se decidió reforzarlo con veinte soldados más, del Regimiento Esmeralda de Antofagasta. Este piquete, al mando del teniente Buenaventura Argandoña, llegó a San Gregorio pasada la medianoche del 3 de febrero.

»A las cinco de la madrugada, el teniente y su tropa recorrieron el campamento pateando puertas y anunciando a los gritos que a las siete de la mañana saldría un tren a Antofagasta, y que la manga de rotos de mierda debería abordarlo sin reclamar ni preguntar nada. Era un orden. Y las órdenes se cumplían sin discutir, carajo. Sin embargo, los obreros opusieron resistencia y a las siete de la mañana el tren partió casi vacío. A la una y media de la tarde se dispuso de otro tren, en el que los jefes y los empleados de la firma embarcaron a sus familias para ponerlas a salvo.

»Como la cosa estaba pasando a castaño oscuro, y todos sabían lo que significaba que las tropas militares subieran a las salitreras –ya fuera por discusión de pliegos de peticiones, o porque soplaban vientos de huelga–, por la tarde comenzaron a llegar grupos de obreros procedentes de las oficinas cercanas a solidarizar y a prestar ayuda a sus compañeros gregorinos. Era lindo ver a los obreros, con mujeres y niños, llegando desde los distintos puntos de la pampa, animosos y bizarros, portando banderas rojas y cantando canciones socialistas.

»A medida que iban llegando, las columnas se fueron reuniendo en la pequeña plaza, donde se realizó un mitin para escuchar a los dirigentes. Contando a mujeres y niños, eran más de mil quinientas las personas reunidas. Allí se concluyó que el reclamo por la cancelación del desahucio era justo, y se reafirmó la decisión de no abandonar la oficina mientras la firma no se comprometiera a pagar los quince días que se pedían como mínimo. No se podía mandar a la gente al hambre y al desamparo así como así. "Nosotros también somos seres humanos", gritaban todos.

»Alrededor de las cinco de la tarde, encabezados por los dirigentes y seguidos por sus mujeres y sus niños, los obreros se dirigieron al edificio de la administración. Allí pidieron hablar con míster Jones para entregarle un petitorio. El administrador apareció en el porche con gesto desafiante. Venía flanqueado por el teniente del Ejército y el teniente de Carabineros. Mientras los soldados, con cara de pocos amigos, apuntaban con sus rifles a la multitud, el teniente Buenaventura Argandoña, visiblemente ebrio, ordenó a la muchedumbre no atravesar la línea férrea que cruzaba a veinte metros frente al edificio administrativo.

»"O de lo contrario ordenaré abrir fuego", dijo.

»Pero los obreros estaban decididos a todo y, levantando sus libretas de trabajo, llegaron hasta el mismo frontis de la administración. Viendo que el asunto se ponía peludo, y sólo por sacarse el problema de encima, a míster Jones se le ocurrió decir que estaba bien, que se pagaría un desahucio de cinco días, "pero no aquí, sino en Antofagasta". Los obreros se sintieron burlados y rechazaron esta oferta profiriendo insultos y consignas contra la firma. Daba la impresión, niñitos, que estos gringos de mierda nos habían visto bien las canillas.

»Fue ahí que el teniente Argandoña, asustado por los gritos de rebeldía de la turba, dio la orden de fuego. Los soldados, de inmediato, dispararon sus fusiles contra la multitud, hiriendo y dando muerte a varios hombres, mujeres y niños. Fue un caos tremendo. Yo fui uno de los que cayó herido en la primera descarga; una bala me mordió el hombro derecho.

»Al ver a los compañeros caídos, bañados en sangre, un gran número de obreros se atemorizó y se desbandó hacia el campamento. Sin embargo, los más audaces se quedaron y enfrentaron a la tropa con cuchillos y palos, y algunos hasta con sus herramientas, que era lo único que tenían para defenderse. Los uniformados no esperaban esta reacción y retrocedieron, y mientras el teniente de Carabineros Lisandro Gaínza montaba a caballo y huía cobardemente hacia la pampa, el teniente Argandoña, herido en una mano, se refugió en las oficinas de contabilidad. Desde allí, parapetado detrás de una ventana, siguió disparando sin contemplaciones contra la multitud. Enardecidos por la muerte de tantos hombres, mujeres y niños, los obreros se abalanzaron sobre la oficina donde se guarecía el uniformado, derribaron la puerta y lo sacaron en vilo a la calle, golpeándolo sin misericordia. Frente al edificio de la pulpería, alguien le dio muerte a golpes de barreta. Yo estaba ahí, cerca, tratando de atarme el hombro con un pañuelo, y pude ver claramente al que lo mató: era un hombre alto, vestido de traje blanco. Nadie lo conocía en la oficina. Para mí, niñitos, que fue el Ángel Vengador.

»A todo esto, el administrador, que se había escondido en una casa del campamento, fue reducido por la turba, que lo golpeó con pies y manos, y fue herido gravemente con un corvo, y los soldados que se habían atrincherado en las dependencias de la administración, apenas oscureció en el cielo, escaparon también a la pampa montados a caballo.

»Una vez que la oficina quedó en manos de los obreros se restableció el orden, se formó una comisión que se hizo cargo de la farmacia y de la pulpería, y se distribuyeron medicinas y alimentos a todo el que lo necesitara. El resultado de la matanza fue sesenta y cinco obreros muertos y más de cuarenta heridos. Entre los militares hubo apenas tres bajas. Y el administrador murió después a causa de las heridas, cuando lo llevaban camino a Antofagasta.

»Una de las cosas que más rabia da, niños míos, es que mientras se desarrollaba esta verdadera carnicería aquí en San Gregorio, el badulaque representante de la firma, el único que pudo haber tomado medidas para evitarla, siguió las alternativas del conflicto oculto en la oficina Valparaíso, a sólo cuatro kilómetros de aquí, muy sentado en su sillón de cuero y con su vaso de whisky en la mano. Concluida la matanza, este canalla, llamado Alejandro Fray Douglas, se limitó a informar al intendente de la provincia que la rebelión había estallado y que mandara más tropas.

»Al día siguiente, cuando los obreros que no eran de San Gregorio ya se habían retirado a sus respetivas salitreras, llegaron las tropas de refuerzo. El destacamento venía al mando de un tal mayor Rodríguez. Este mequetrefe, al grito de que había que vengar al teniente Argandoña, entró con sus soldados a los barracones en donde estaban los obreros heridos, pasándolos a cuchillo y rematándolos a culatazos. No conforme con esto, el muy bestia irrumpió luego en el campamento ajusticiando a los obreros escondidos en sus casas y persiguiendo y aniquilando sin ningún remordimiento a los que escapaban a la pampa. La crueldad del glorioso Ejército chileno llegó a tal punto, que los asesinatos cometidos ese día fueron casi el doble de los del día anterior.

»Todo esto bajo la anuencia de Arturo Alessandri Palma, el badulaque que en esos años era Presidente de Chile, el mal llamado León de Tarapacá, que con esto nos dio el primer zarpazo a los mismos que lo apoyamos en su campaña presidencial. Y digo el primer zarpazo porque en el período de su gobierno se llegaron a cometer seis matanzas de obreros».

VI

El sol de la pampa aparece por la mañana como un pintor de piedras derramando líricamente sus amarillos, sus dorados, sus ámbares. Sin embargo, al paso de las horas comienza a desprenderse de su ropón de artista y a vestir sus feroces paramentos de guerrero bárbaro. Y ya a mediodía, ceñudo, irritado, rugiente, con sus armaduras metálicas ardiendo, empieza a desplegar sus banderas de fuego, sus estandartes de fuego, sus pabellones de fuego; a tomar posesión absoluta de las comarcas salitreras. A toda espada, a toda lanza, a toda lluvia de flechas encendidas –que hacen del cielo una incandescencia viva–, el sol conquista territorios, levanta tienda, pone sitio al paisaje. Arde por los cuatro costados. Parece que se va a quedar eternamente. Como un guerrero en delirio, incendia el aire, evapora el viento, hace estallar las piedras; derrama aceite caliente en torsos sollamados, vierte oro derretido en bocas sedientas, disipa todo intento de nube y funde el más nimio vestigio de sombra. Cada vez más fiero, más brutal, más violento, arroja sus carros de fuego sobre los campamentos miserables, recalentando calaminas, derritiendo cirios, causando alucinaciones. Sin respetar recintos sagrados, se toma los cementerios por asalto y se ensaña requemando flores de papel (que parecen pajaritos muertos), torciendo cruces, borrando epitafios, castigando sin piedad la piel corrugada de los muertos que flotan a ras de tierra como el más alucinante espejismo pampino.

Y fue este sol guerrero el que asedió, capturó, torturó y finalmente dio muerte al hombre que disparó contra Amable Marcelino. Dos meses y siete días después del crimen hallaron sus restos resecos a orillas de un pozo de agua. Según los exámenes llegados desde el laboratorio de Antofagasta, tenía una data de muerte de casi dos meses. Por lo tanto, todos los hechos criminales achacados a su persona luego de su fuga eran falsos. El asesino se había empampado y había muerto de sed y de calor, y seguramente trastornado de delirio, a la semana de haber huido. Como sucede con todos los que osan desafiarlo, sucumbió al sanguinario sol de la pampa.

Fue hallado completamente desnudo, tendido de bruces a orilla del pozo y con la cabeza y una mano colgando hacia adentro. En su desesperación por llegar a las profundidades en que se hallaba el agua, había rasgado en tiras su ropa y con ellas hizo una soga que ató a su mano izquierda («ahora que recuerdo, el hombre repartía las cartas con la zurda, paisita»), y al otro extremo enganchó una lata de sardinas españolas. Los que lo hallaron pudieron comprobar que a la lata apenas le faltaron cinco centímetros para llegar al agua. De haber sido un poco más alto, o haber usado ropa una talla más grande, se habría salvado.

Con el hallazgo del cuerpo del asesino (del que nunca se supo su identidad, pues no se le encontró ninguna clase de documentos), Yungay respiró aliviado. Ya podían seguir con su vida normal. Como dijo reflexivamente el teniente Verga de Toro, una cosa era que los patanes se mataran entre ellos en altercados de borrachos en la cantinas o en reyertas de valentones en las callejas, y otra muy distinta que aparecieran muertos y que no se supiera quién diantre era el que los mandaba al patio de los callados.

En todo ese tiempo, llevando siempre consigo a Malarrosa (que a la muerte de la preceptora dejó de ir a la escuela) y acompañado del peleador, Saladino Robles había recorrido casi todos los garitos de las pocas salitreras que aún no habían apagado sus humos. Su buena suerte se estaba convirtiendo en leyenda. Con su talismán colgado al pecho (escondido bajo la camisa o la corbata) no había quien le ganara. Los jugadores que lo conocían de antes comenzaban a sospechar firmemente del cojo Saladino. Esa suerte diabólica de la que hacía gala no se veía en los garitos del cantón desde que Amable Marcelino estaba vivo. De modo que si no estaba haciendo alguna clase de trampa, este lisiado ranfañoso había hecho pacto con el diablo, decían por lo bajo.

«O le cortó el dedo a Amable Marcelino y lo lleva metido en el culo», decían riendo los más buenos para jorobar la cachimba.

Saladino Robles se defendía de los comentarios malsanos con frases que alguna vez oyó decir a un viejo abogado de Agua Santa, jugador impenitente, y a las que él mismo no suscribía. Por ejemplo, que en el póquer lo que realmente contaba era la habilidad para retener y aprovechar la mayor cantidad de información posible. Nada más que eso. De modo que sería mejor que aprendieran a perder, los cabroncitos, y no se le vinieran a poner supersticiosos a estas alturas.

«Mucho menos maliciosos, claro».

«Y usted no se venga a esponjar mucho, amigazo», rezongaban los demás con la bronca tatuada en el rostro. No fuera a ser cosa que viniera alguien y lo desendiosara de un balazo, como le había ocurrido al cachetón de Amable Marcelino.

«¡Quien se atreva a ponerle la mano encima se las tendrá que ver conmigo!», saltaba entonces Oliverio Trébol, tratando de poner cara de perdonavidas.

Luego, si estaban en El Poncho Roto, volvía a sentarse detrás de su amigo, con un vaso o una botella de cerveza en la mano, pero sin dejar de mirar de soslayo los danzarines desplazamientos de Morgano equilibrando sus bandejas por entre el laberinto de mesas.

Después de un tiempo de acompañar a su amigo a El Poncho Roto cumpliendo el papel de guardaespaldas, Oliverio Trébol había terminado por aceptar, a regañadientes, que se había enamorado hasta el forro del sombrero de la bailarina de charlestón.

«Del bailarín, amigo Bolas, del bailarín», le repetía burlesco Saladino Robles.

«Más bien de la mujer que se esconde en el corazón de ese maricueca del carajo», rezongaba lánguido Oliverio Trébol.

Como la madame Imperio Zenobia había optado por presentar el número sólo los fines de semana («para no chacrearlo, pues, mis caballeros», se abanicaba con aires de experta en el negocio), cada fin de semana, sagradamente, el peleador de Campanario se ponía su mejor traje, se bañaba en agua de olor, se calaba su sombrero de paño y se iba a ver a Morgana, la Flor Azul del Desierto. Sentado siempre en primera fila, con un vaso de vino en la mano y sus ojos redondos de admiración, Oliverio Trébol se olvidaba completamente del mundo durante la hora y diez minutos que duraba el número. Tan familiar se hizo su presencia en la hora del espectáculo, que al correr de las noches, Morgana –o Morgano– comenzó a bailar sólo para él, a mirarlo nada más que a él, y a dirigirle cada uno de los besos que soplaba y enviaba graciosamente, como si fueran pajaritas de papel. Y cuando en sus funciones más inspiradas, y para deleite de los pampinos, descendía del escenario a mover sus caderas por entre las mesas, al primero que se le acercaba a torear con sus meneos, a sentarse en sus piernas y a estamparle un beso en la frente, era a él.

Cuando alguna noche el peleador se atrasaba, el bailarín –o la bailarina–, pese a la gritería del público y ante la impaciencia de Imperio Zenobia, hacía correr los minutos repasando por enésima vez este maldito maquillaje que se me corre, pues, señora; por Dios, cómo quiere que salga así al escenario; o escondiendo las arañas peludas de sus pestañas postizas, que no las encuentro por ningún lado, Virgen Santa, sálvame de esta catástrofe; o inventando cólicos y dolores de barriga, refrendados con nerviosas carreritas al baño. Y sólo se le arreglaba el desbarajuste del mundo y se le dibujaba la sonrisita de cereza en sus labios pintados y salía al escenario a comenzar la función sin ningún problema, cuando al fin veía recortarse en la penumbra del salón la envergadura de su parroquiano predilecto —«su balumba de animal macho», decía saboreando las palabras– sentado en su acostumbrada mesa de la primera fila, cerca del piano, reservada rigurosamente para él.

Por lo mismo, no se demoró nada en comenzar a circular el rumor –primero en el ambiente prostibulario y luego en los almacenes y lugares públicos– de que Bolastristes, el matón del pueblo, el que le daba la zurra a cualquiera que le cruzara la raya o le entintara la oreja, el que había sido uno de los más vigorosos calicheros del cantón de Aguas Blancas –«¿Ese joven tan alto y tan tímido que aloja en la pensión Las Tres Marías?»–, andaba de novio con el maricón de El Poncho Roto. Que con el sombrero metido hasta las orejas y embozado detrás de una bufanda, lo habían visto varias veces salir de madrugada de su pieza en el burdel. Incluso se decía que el mismo invertido se andaba pavoneando por ahí de sus amores con el peleador de Campanario.

«Para que sepan», dicen que decía batiendo sus pestañas el mariquita, «Bolastristes no las tiene nada de tristes».

Sin quererlo, y para su propio padecer, Malarrosa fue viviendo todo el proceso de enamoramiento entre Morgano y Oliverio Trébol. Como, con el beneplácito de Imperio Zenobia (que no escatimaba zalamerías con «esta nena que sería una muy buena adquisición para el negocio»), se paseaba por toda la casa tratando y compartiendo de tú a tú con las prostitutas, no tardó nada en trabar amistad también con el artista bailarín. Al principio, Morgano no tomaba mucho en cuenta a esa cabrita intrusa, vestida de marimacha, que andaba por el burdel haciendo muecas frente a los espejos y fumando colillas en los rincones oscuros; sin embargo, su trato con ella cambió del cielo a la tierra cuando supo del virtuosismo de la muchacha para manejar los pinceles del maquillaje. Pero, sobre todo, cuando se enteró de que era amiga de aquel hombrón que la volvía loca, ese macho pampino del que quedó prendada desde la misma noche de su debut, cuando vio su corpachón sentado en una de las mesas de primera fila.

Por su parte, Malarrosa sentía que Morgano le inspiraba algo que iba más allá de la confianza y del afecto, una especie de intimidad que la hacía conversar con él tan naturalmente como nunca lo había hecho con nadie, ni siquiera con la señorita preceptora. Como no estaba hablando con un hombre, podía confesarle sin ningún embarazo sus secretillos de mujer en ciernes; y como no estaba frente a una mujer, podía decirle, sin sonrojarse, lo que pensaba y conocía, a su edad, de los hombres. Una noche le dijo que había una sola clase de hombres de los que desconfiaba, y eran esos que parecían haber nacido ya de grandes.

«Esos que al mirarlos no me los puedo imaginar de niños», redondeó.

De modo que, sin darse mucha cuenta, Malarrosa había estado sirviendo de correveidile entre Morga –apelativo neutro con que las prostitutas habían optado por llamar al bailarín– y el hombre del que ella estaba secretamente enamorada. «Dile a tu amigo que le dedico el primer baile con todo mi corazón», le decía Morga. Y ella dejaba de difuminarle el colorete en las mejillas y corría al salón a decírselo. Una vez oyó al peleador decirle a su padre que el perfume del maricueca era el mismo que llevaba la prostituta con la que se acostó por primera vez en una calichera (una que años después hallaron muerta, completamente desnuda, en mitad de la pampa). Cuando por la noche se lo contó a Morgano, éste casi se desmayó de alegría.

«Dile que soy la reencarnación de su primera mujer», le mandó a decir entre suspiros.

Lo que Malarrosa agradecía en el alma era que Oliverio Trébol recibía los recados en silencio, y nunca le mandó ninguna contestación ni mensaje con ella.

Hasta que sucedió lo que tenía que suceder en un pueblo tan chico como Yungay: el romance entre el peleador y la estrella de El Poncho Roto dejó de ser un rumor y se hizo estrepitosamente público. El escándalo estalló como un cohete de fuego artificial una noche de sábado cuando, en medio del espectáculo de baile, se apareció en el salón Morelia, la amante a quien Oliverio Trébol había dejado de visitar hacía rato. La atrevida prostituta de El Loro Verde entró justo en los momentos en que Morgana, la Flor Azul del Desierto, meneándose al ritmo de un charlestón de moda, se le sentaba en las rodillas al peleador y, en un gesto de sensualidad exquisita, le enrollaba y desenrollaba al cuello, cual si fuera una larga serpiente, su largo collar de perlas blancas. La prostituta, completamente borracha, entró gritando que a ella, Leontina del Carmen Flores Faúndez, más conocida en el ambiente como Morelia, nadie la desechaba, carajo. Menos, un guasamaco cacarañento que ni siquiera sabía cómo calentar a una hembra como ella. Y acercándose con los ojos en llamas hasta la mesa de la pareja, subrayó, llena de bronca:

«¡Y mucho menos se me deja plantada por un pobre maricón baboso como éste, que pretende compararse a una mujer y ni siquiera sabe mover el traste!».

Oliverio Trébol se puso de pie y, enfrentando a la mujer, sólo atinó a decir:

«Él es mucho más mujer que tú».

Y fue lo único que pudo decir, porque al instante, con las uñas en ristre y los ojos amarillos de las fieras depredadoras, la prostituta saltó por sobre él y se le fue encima a Morgano, profiriendo los más soeces insultos de putas de puerto. Volcando mesas, copas y jarrones de ponche preparado con aguardiente y Bilz, ambos rodaron por el suelo mechoneándose, arañándose y mordiéndose con sus bocas rojas de sangre y rouge.

Imperio Zenobia apareció desde su privado, en donde compartía con algunos de los vecinos principales, y arremangándose su blusa de flores azafranadas agarró de las mechas a la prostituta morena, la levantó en vilo como si no pesara un cuerno, y la echó cuspeando del salón. Todo esto sin decir una sola palabra. Sólo afuera, en mitad de la calle, encaró a la mujer a grito limpio y le dijo que ninguna maldita puta del maldito cuchitril de «El Moco Verde» venía a armar gresca a su local.

«¡Esta es una casa de putas decente!», le gritó fuerte, para que oyeran los mirones que salieron a la calle a ver en qué terminaba todo ese frangollo. Y que le dijera a la boliviana zorra chueca de su cabrona que si quería seguir la guerra, la seguirían. Pero a muerte.

«Ésa todavía no sabe con qué chichita se está curando».

Cuando las matronas se referían una a la otra, lo hacían por apodos y apelativos hirientes. Imperio Zenobia trataba de «boliviana zorra chueca» a Elvira Mamani, y a su casa le decía «El Moco Verde». Por su parte, Elvira Mamani le decía «machorra» a su enemiga (porque no le fue concedida la gracia de tener hijos y en cambio ella, con el favor de Dios y la Virgen Santísima, tenía tres hermosas hijas y las tres estudiando en el mejor y más distinguido colegio de Cochabamba, «para que te pique el culo de rabia»), y a su burdel lo llamaba «El Poto Roto». Ambas habían olvidado que fueron amigas de infancia, que llegaron juntas a ejercer en el pueblo y que juntas habían prosperado hasta conseguir regentar sus propios lupanares. Sin embargo, desde que las casas de diversión empezaron a desaparecer a causa de la crisis del salitre, y el dinero comenzó a escasear y ya no había tantos clientes dispuestos a la parranda, las mujeronas se declararon una guerra sin cuartel. Además de competir en quién tenía las mejores y más atrevidas prostitutas y los más originales y atrayentes espectáculos de vodevil, como dos jotes riñendo a picotazos por la carroña, comenzaron a disputarse a los parroquianos más forrados que quedaban en el cantón y a las prostitutas más agraciadas de los burdeles que iban cerrando sus puertas.

Con la llegada de Morgana, la Flor Azul del Desierto, El Poncho Roto comenzó a sacar clara ventaja sobre El Loro Verde. Y eso tenía en ascuas a Elvira Mamani.

Por los últimos días de noviembre, dos noticias vinieron a encubrir un poco el escándalo del peleador y el maricatunga de El Poncho Roto. Y las dos atañían a los amigos. La primera, que inquietó a todos los jugadores y, por supuesto, a Saladino Robles, era el rumor de que Tito Apostólico, uno de los jugadores de póquer más famosos del país, andaba en gira por las provincias del norte, y se pensaba que podía pasar por Yungay. Todos sabían que el único que una vez había logrado vencer al legendario tahúr fue Amable Marcelino. Y, por lo mismo –argumentaban los que estuvieron aquella vez en el juego–, como Tito Apostólico no estaría enterado de su muerte era casi seguro que se apersonaría por el pueblo a cobrar revancha.

La otra noticia venía a corroborar algo que ya se sabía de sobra: que la fama de Oliverio Trébol como peleador había traspasado no sólo los límites del pueblo, sino las mismísimas fronteras del cantón de Aguas Blancas. Resultaba que el Bolastristes había recibido un mensaje de desafío desde Pampa Unión, pueblo avecindado en los territorios del cantón Central, a cien kilómetros al noreste. El matón que lo retaba a pelear «hasta dar con el traste en el suelo» era un boxeador venido a menos; un pugilista de peso medio pesado que, después de haber combatido en los mejores cuadriláteros del país, había caído en desgracia y ahora andaba por las salitreras agarrándose a combos clandestinamente.

Se llamaba Felimón Otondo, y los que lo conocían contaban que una pena de amor no correspondido (se había enamorado hasta los pelos de la bella pianista que sincronizaba las películas en el Teatro Obrero del pueblo) lo había sumido en el vicio del trago y las mujeres hasta terminar con su carrera bo-xeril. Y aunque otros comentaban que, a decir ver-dad, hacía rato que el hombre venía «cuesta abajo en la rodada», como decía el tango, al parecer, la pena del corazón le hizo más daño que todos los golpes al hígado recibidos a lo largo de su trayectoria como pugilista profesional.

Lo de la llegada de Tito Apostólico al pueblo no se sabía a ciencia cierta cuándo ocurriría, si es que acaso venía, claro. Pues muy bien podría sólo tratar-se de una bola. Pero lo del desafío del boxeador de Pampa Unión sí que era cierto, y hasta tenía fecha precisa: el sábado de la semana entrante. O sea, exac-tamente dentro de ocho días. Además, esa misma se-mana, como si todo el mundo se hubiese puesto de acuerdo para pelear con el Bolastristes, llegó un men-sajero de la oficina Castilla con un desafío del matón local, uno al que le decían el Barreta; y de la oficina Eugenia llegó la noticia, no tan inesperada, por cier-to, de que el pulpero Santos Torrealba quería –y exi-gía– la revancha lo más pronto posible. Pero ahora allá, en sus reductos.

Todo eso estaba produciendo un embrollo en la cabeza de Oliverio Trébol; no sabía qué desafío acep-tar ni por dónde empezar. Y le pidió consejo a Sala-dino Robles. El jugador le dijo que la cosa estaba más clara que echarle agua: en primer lugar debía des-cartar de plano al Barreta, a ese pichiruche no lo co-nocía nadie, y las apuestas serían muy bajas; después debía aceptar de todas maneras el desafío del matón de Pampa Unión («como ese púgil es de otro cantón, esa pelea le dará categoría internacional, por así de-cirlo»), y luego, según como se den las cosas con el unionino, ver cuándo, cómo y dónde accedía a pelear la revancha con el pulpero Santos Torrealba.

«Así de simple, amigo Bolas».

El viernes de la semana siguiente, a las cuatro de la madrugada, Oliverio Trébol, acompañado del jugador y de su hija Malarrosa, partieron hasta la estación Catalina, donde debían abordar el tren Longitudinal Norte que venía desde La Calera. Se fueron en el único automóvil de alquiler que existía en el pueblo, un Ford T que a cada dos kilómetros se paraba y había que bajarse a empujarlo o a meterle manivela. Su dueño, un viejo mecánico venido del mineral de Potrerillos, de alma tan buena como sus manos siempre aceitadas, amaba a su auto como a un ser humano y se pasaba la vida limpiándolo, aceitándolo, desarmando y armando su motor, mientras le cantaba corridos mexicanos y le contaba chistes de grueso calibre.

Según el itinerario, la locomotora debería entrar a la estación Catalina a las 5:45 de la madrugada, pero como ocurría desde siempre, desde su mismo viaje inaugural, hacía dieciséis años a la fecha, el tren venía atrasado. Cuando le preguntaron al jefe de estación cuánto tiempo de retraso tenía esta vez, mesándose la barba de patriarca judío y poniendo cara de hacer cálculos, el hombre respondió guasón:

«Yo calculo que entre una y veinticuatro horas».

El tren finalmente llegó con ocho horas y catorce minutos de retraso. Al divisar el penacho de humo tiznando el horizonte, todo el mundo respiró aliviado. En esa estación, alzada en lo más solitario del desierto de Atacama, ver la aparición del tren de pasajeros constituía un verdadero milagro. Al entrar el convoy al andén, con la locomotora haciendo sonar su silbato y tocando su gran campana de bronce, se podía ver a los pasajeros mirando por las ventanillas con una expresión de tristeza infinita. Sus rostros entierrados y sus ojos de sonámbulos hacían pensar que venían viajando desde otro mundo. Llevaban tres días y tres noches atravesando el paisaje más inhumano del planeta y aún les quedaban dos días y una noche de viaje. En realidad, embarcarse en ese tren era como emprender un viaje hacia el purgatorio.

Los comerciantes de la estación, como para revivirlos y volverlos a la evidencia de este mundo, invadieron cada uno de los coches con sus canastas y delantales blancos, voceando sus panes amasados con chicharrones, sus tecitos en botellas de Bilz y sus sabrosas cazuelas de gallina, caseritos, enjundiosa la cazuela de gallina, que era lo que más pedía la gente, no obstante que ya era fama entre los pasajeros habituales del tren que las cazuelas no eran de gallina, sino de esos asquerosos jotes que usted ve volando por allá, comadrita linda, se lo juro. «Lo dejan desangrar con vinagre, le ponen harto condimento, y ya».

La estación Catalina constituía la mitad del trayecto, de modo que allí la locomotora se reabastecía de agua y de carbón, se revisaban y se aceitaban los bogues, se desinfectaban los baños y se baldeaba el piso de los vagones con creolina. Y todo aquello significaba soportar otra hora y media más de espera.

Como el tren venía repleto, los amigos sólo pudieron acomodarse en la pisadera del último coche.

Malarrosa iba feliz. Primera vez en su vida que iba más allá del cantón de Aguas Blancas. Aunque al lento correr de los kilómetros se iba dando cuenta con desilusión de que el panorama no cambiaba para nada; siempre era el mismo calcinatorio infinito que podía ver desde la ventana de su casa cada día. En un instante llegó a pensar que los paisajes vistos en las postales, todos llenos de árboles, de arroyos de aguas transparentes, de cisnes y montañas nevadas, eran todos de mentira, y que el mundo entero no era sino una sola y gran peladera, un yermo sin fin, un desierto tan triste como la cara de muertos de los pasajeros, que parecían llevar siglos viajando. (Al llegar a destino hubo de rendirse a la evidencia de que no se había ido completamente de su pueblo, pues todo seguía siendo igual: el cielo sin nubes, los cerros agrios, el horizonte mondo. Lo más alegre del viaje para ella fue el ciego que pasaba cada cierto tiempo vendiendo peinetas y cantando boleros con una guitarra).

A las seis de la tarde llegaron a estación Baquedano. Allí, ya casi al anochecer, hicieron transbordo en el tren que iba de Antofagasta a Bolivia. Esta vez alcanzaron asiento y el viaje fue menos aburrido; al menos cruzaron por varias estaciones de oficinas que, aunque paralizadas la mayoría, hicieron menos monótono el viaje. Oliverio Trébol dijo que el desierto se estaba llenando de pueblos fantasmas. En la estación de una de esas oficinas abandonadas, Malarrosa alcanzó a ver en el andén algo que le pareció una visión, o un fugaz espejismo vespertino, pero que se le quedó estarcido en la retina por todo el resto de la jornada, incluso esa noche lo volvió a ver en sueños: en el andén desierto, junto a uno de los escaños de madera, fantasmagorizado por las últimas luces del crepúsculo, vio a un hombre de sombrero de huaso, alto como una puerta, junto a una gran pirámide de jaulas de pájaros de todos los colores y plumajes.

Cuando comenzaron a divisarse las luces de Pampa Unión, los pasajeros se peleaban por asomarse a las ventanillas. A la distancia, el poblado parecía fosforecer en la oscuridad. Alguien dijo que simulaba un oasis de luces. En el andén de la estación los recibió un hormiguero de gente y un griterío ensordecedor de comerciantes pregonando las más inverosímiles mercaderías. La atmósfera de ese lugar electrizaba el ánimo. El aire tenía un magnetismo especial, casi alcohólico. Cuando entraron en la populosa calle del Comercio, todo era un arder de música, luces y rebullicio. A Malarrosa le pareció haber entrado en un fulgurante espejismo nocturno. Allí, entre las canciones de las rocolas, el chirriar de las carretas, la algarabía de la gente y la trifulca de las peleas de perros, las vitrinas de las tiendas exhibían, en rumas sin orden ni concierto, mercaderías llegadas desde los países más exóticos del planeta: sombreros italianos, porcelana japonesa, té de Ceilán, seda de la India, sardinas francesas y españolas, relojes suizos, alfombras persas, discos norteamericanos y cuanto artilugio se pudiera uno imaginar que existía en el mundo.

Sin embargo, algo en el ambiente hacía sentir que toda esa algarabía era como los últimos estertores de un pueblo a punto de morir. En la pensión, donde llegaron a alojarse, la dueña les corroboró esa impresión. Aquí también, caballeros, igual que en toda la pampa, las oficinas estaban apagando sus humos y mandando a los trabajadores a la cesantía más miserable. Y eso, por supuesto, estaba afectando al pueblo. Pampa Unión ya no era el mismo pueblo cosmopolita de antes, en donde se hablaba una babel de idiomas y coexistían industriales y comerciantes sirios, árabes, chinos, alemanes, españoles, portugueses, italianos, argentinos, libaneses, etcétera, etcétera; sin contar, por supuesto, a los hermanos bolivianos y peruanos, que tenían hasta un barrio propio. El gentío que ellos vieron en las calles no representaba ni la cuarta parte de lo que era el pueblo sólo un par de años atrás. «Si con decirle, caballeros, que hasta llegaron a llamarnos Las Vegas del desierto de Atacama». Después, la mujer cambió de tema y los enteró de los luctuosos hechos ocurridos hacía poco tiempo en el pueblo: el ajusticiamiento, por parte de los militares, de los músicos del orfeón local, más conocido como La Banda del Litro, la muerte del barbero don Sixto Pastor Alzamora y el posterior suicidio de su hija, la señorita Golondrina del Rosario, dama querida por toda la gente del pueblo, quien, además de dar clases de declamación, era concertista en piano y sincronizaba las películas en el Teatro Obrero. Tristes hechos, señores míos, que habían conmovido hasta el alma a los habitantes de Pampa Unión. Los amigos dijeron que algo habían oído contar al respecto en el tren cuando venían entrando a la estación. No obstante, la mujer no quiso darles más detalles de los sucesos, pues el solo hecho de recordarlos, dijo, la sumía en una tristeza agobiante.

La pelea, que se realizaría detrás del cementerio, estaba pactada para el día siguiente, a las once de la mañana. Por lo mismo, todo sugería que había que irse a dormir temprano. Sin embargo, a medianoche, los amigos dejaron a Malarrosa (en contra de su voluntad) al cuidado de la dueña de la pensión, y se fueron a hacer un recorrido por los garitos y lenocinios del pueblo.

La noche era un mar revuelto. Las tabernas, las bodegas de vino, los fumaderos de opio, las casas de trato, todo se veía atiborrado de clientes que deambulaban de un local a otro. En una mesa del burdel El Gato Flaco se enteraron de algunos otros detalles del asesinato de los músicos. El hecho había ocurrido hacía poco más de un año y aún se hablaba de ello. El orfeón completo había sido fusilado en el desierto por un atentado fallido al dictador Carlos Ibáñez del Campo. La pianista del Teatro Obrero, novia de uno de los músicos, no soportó el dolor de perder en dos días a su novio y a su padre (también su padre estaba involucrado en el atentado) y, con un cartucho de dinamita, se hizo volar con piano y todo. Ahí se enteraron además de que la señorita Golondrina del Rosario era la mujer que había plantado al boxeador Felimón Otondo, al enamorarse perdidamente del trompetista de La Banda del Litro, un pelirrojo llamado Bello Sandalio.

A la mañana siguiente, mientras los amigos y Malarrosa desayunaban, la señora de la pensión les dijo que alguien preguntaba por don Oliverio Trébol; un hombre que decía llamarse Roberto Molina. «Parece ser un señor boliviano», añadió la mujer. El peleador estuvo más de una hora conversando con su visitante en la sala de recibir.

Cuando partieron a enfrentar la pelea eran pasadas las once de la mañana. A esas horas el cielo de la pampa ya era de un resplandor pavoroso, y el calor en las calles de tierra atontaba a los perros y dejaba a los lagartos pegados a las piedras. Al divisar el cementerio, a sólo cien metros al suroeste del pueblo, la reverberación de las arenas reflejaba sus muros, dando la impresión que flotaban en el aire caliente. Malarrosa pensó que el camposanto estaba construido en medio de una laguna.

Al llegar a la parte posterior, ya los esperaba el púgil del pueblo saltando y haciendo sombra contra el áspero muro de adobes. Transpiraba de pies a cabeza. Sin embargo, aunque su estado físico se veía deteriorado, por su solo modo de pararse y tirar las manos, se notaba que había sido boxeador profesional. Entre el centenar de aficionados y seguidores del púgil local se había colado una gran cantidad de niños, de modo que Malarrosa pasó totalmente inadvertida.

Antes de que Oliverio Trébol entrara al círculo, que ya alguien había trazado, Saladino Robles le dijo que se fuera con cuidado. El tipo se veía muy pagado de sí mismo, y eso podía ser peligroso. Había que descontrolarlo de alguna manera. «Sácale en cara los cuernos que le puso el trompetista», le dijo.

Y le tocó ambas manos con su amuleto.

Oliverio Trébol, por respeto a los muertos, no pensaba hacerlo. Sin embargo, al ver la actitud de soberbia y la mirada de menosprecio del boxeador unionino, esperó el toque de campana (aquí sí era una campana de verdad), se le acercó y le dio recuerdos del trompetista cabeza de cobre. Entonces vio al otro parpadear sorprendido, vio en su cara de afásico aflorar una expresión de odio y, todo al unísono, lo vio venírsele encima bufando como una locomotora.

El combate iba a ser duro.

Si el viaje a Pampa Unión había sido accidentado, el regreso a Yungay fue desastroso. En Baquedano debieron haber hecho el transbordo a las tres de la tarde; sin embargo el «Longino», como llamaban los viejos al tren Longitudinal Norte, procedente de Iquique –seiscientos kilómetros de desierto más al norte–, llegó pasadas las ocho de la noche. Lo mismo que en el viaje de ida, venía a tute de pasajeros. Los amigos consiguieron acomodarse a empujones dentro de un coche que iba a oscuras, aunque sólo lograron hacerlo en el piso, junto al baño y en menos de un metro cuadrado de espacio. Aunque Saladino Robles no dejaba de hablar, Oliverio Trébol iba extrañamente silencioso. Llevaba un trozo de carne cruda puesto sobre el ojo derecho, completamente tumefacto, y había apoyado la cabeza en las piernas de Malarrosa. El trozo de carne lo había conseguido la niña con la dueña de la pensión, para que se le bajara lo hinchado. Un conductor que pasó con una lámpara pidiendo boletos y midiendo a los niños con una vara –los que medían más de un metro de estatura pagaban pasaje–, explicó que el vagón iba a oscuras porque se le había quemado la dinamo. Nadie puso en duda sus palabras ni reclamó nada. En la penumbra, Saladino Robles, ovillado como un perro, no paraba de fustigar a su amigo por casi haber perdido el combate. Si seguía así, pronto no le iba a ganar una pelea ni al más escuálido chino del pueblo. Que ese boxeador de mala muerte no tenía por qué diantre haberle entrado tanto con su gancho de izquierda. Menos mal que su estado físico estaba tan deteriorado que no resistió más de media hora de pelea; que de no haber sido por ese solazo que hacía y porque el tipo estaba tronado por el trago y la pena, seguro que le hubiese dado una tanda de padre y señor mío; que ojalá que con esto aprendiera la lección y se dejara de andar acostándose todas las noches con ese maricón del carajo. Como Oliverio Trébol parecía no oírlo y seguía sumido en su hosco mutismo, el jugador remató su andanada con saña: por si acaso, si el amiguito Bolas no lo sabía, meterse con maricones acarreaba mala suerte. «Son siete años de desgracia», dijo agorero. Malarrosa oía todo con expresión ausente. Ella había sufrido mucho con la pelea. Primera vez que veía a Oliverio Trébol sangrar tanto. Si hasta en un momento, al ver cómo el otro le pegaba, le habían dado ganas de meterse a defenderlo con su pequeño cuchillo. Con la cabeza del peleador en su regazo, acomodándole el bistec a cada tanto, Malarrosa aprovechaba de acariciarle la cara, valiéndose de que su padre no la veía en la oscuridad del coche. El rostro del peleador estaba hecho una lástima (claro, que al final de la pelea el otro había quedado tirado en el suelo como muerto, y ellos tuvieron que salir casi corriendo porque había muchos que querían pegarles). Aparte del ojo completamente tumefacto, tenía partidas ambas cejas, una herida en un pómulo y un corte profundo en el labio superior. Ella le había hecho las primeras curaciones con agua de colonia en la pieza de la pensión, en donde llegaron diciendo que el pobre se había agarrado con una manga de borrachos por defender el honor de la niña. Mientras lo curaba, él le había dicho, sonriendo apenas con sus labios hinchados (cuando sonreía, las cacarañas de su rostro se le acentuaban aún más), que tenía manos de ángel, pero que si algún día le tocaba morir en una pelea, que, por favor, no tratara de componerle la cara con sus mejunjes y sus pinceles, pues su cara no tenía remedio, y además él prefería verse desmejorado dentro del cajón antes que maquillado. A ella, con sólo imaginarlo muerto, le dieron ganas de llorar. Pero no dijo nada. Ella no quería que se muriera, ella estaba enamorada de toda la vida de este hombre grandote con alma de pajarito. En un instante se dijo que menos mal que sus pensamientos no se le reflejaban en la expresión de su cara (su padre siempre decía que ella sería muy buena jugadora, pues tenía una cara de póquer increíble), porque de lo contrario él se hubiera dado cuenta de inmediato de lo que estaba sintiendo. Y lo que había sentido allá, en la pieza de la pensión, mientras le hacía las curaciones, era lo mismo que sentía ahora mientras el tren traqueteaba en medio de la noche, avanzando con la lentitud de la luna en el cielo, y los pasajeros a su alrededor, y con ellos su padre, parecían dormir el sueño de los justos. Lo que Malarrosa sentía en esos momentos eran unas ganas tremendas de besar cada una de las magulladuras en el rostro del peleador, suavizarlas con su saliva, sanarlas con sus labios como hacía su madre con ella cuando se hacía una nana. Diosito lindo, qué cosas sentía por este hombre. Aunque su padre lo ignoraba, ella ya era una mujer completa, pues hacía cosa de siete meses que le había llegado el primer sangramiento, y menos mal que fue en la escuela, en donde la señorita preceptora la atendió y le explicó didácticamente de qué se trataba, y luego le previno que de ahora en adelante, hijita mía, debería tener mucho cuidado con los hombres, pues ya estaba en edad de merecer. Por lo mismo, aunque no se lo hiciera notar, ella estaba envidiosa del amor que el peleador sentía por el caballero Morgano –o la señorita Morgana–. Cómo le hubiese gustado verlo así de enamorado, pero de ella. Era raro ver a un hombre enamorado de otro hombre. Aunque reconocía que, ataviado con ropas de mujer, su amigo Morgano pareciera una mujer de verdad. Y más linda que muchas. En un instante, en la atmósfera espesa de humores del vagón atiborrado, mientras el peleador comenzaba a roncar como un león en su regazo, Malarrosa, embargada por una sensación vaga en el vientre, se dejó llevar por la ternura que le inspiraba (siempre le pareció que Oliverio Trébol era un nombre de pájaro) y comenzó a acariciarle sus duros cabellos de alambre, luego lo abrazó con cuidado, suavemente –no fuera a despertar y la sorprendiera pegado a él, qué vergüenza–, y después, con el pajarito de su corazón queriendo salírsele por la boca, apoyó su mejilla en la mejilla de él y por un rato largo se imaginó casada con ese hombre grande, con ese hombre bueno, con ese hombre que, cuando ella era una niñita, la hacía sentir luminosa y alta como una estrella al enarbolarla sobre sus hombros. Y fue tanto el agrado y el calorcito que sintió en su interior, que no pudo contenerse y le besó despacio, muy cerquita de la boca. El pobre pajarito le aleteaba como loco en el pecho. Qué atrevida había sido. ¿Se habría dado cuenta él? ¿Habría sentido el beso? En esos momentos el tren comenzó a doblar en una curva y por la ventanilla del lado izquierdo se metió la luna de polizonte. Era una luna redonda, brillante, de color arroz con leche. Sin darse cuenta, siempre con la mejilla pegada a la de él, se fue sumiendo en las dunas del entresueño. Ahora sí le gustaría que el viaje no terminara nunca. Que fuera eterno. Todo era tan lindo. La luz de la luna inundaba el vagón y era como si fueran viajando en una pecera de agua plateada. Cuando ya se estaba quedando dormida, alguien que avanzaba en la penumbra del pasillo tropezó con sus pies y le cayó casi encima. Malarrosa vio que era un hombre que llevaba un acordeón al pecho, que no tendría más de treinta años, que apestaba a vino barato y que era dueño de un desamparo de amor que le borboteaba por los ojos. De refilón, le vio en el cuello una cicatriz de ahorcado que le hizo dar un respingo. Cuando el hombre se incorporaba mascullando disculpas, le pisó una pierna a Oliverio Trébol. El peleador abrió los ojos y, al ver a un individuo tan cerca de Malarrosa, lo agarró por la solapa y le rugió, aún semidormido, lo que le había oído decir tantas veces al teniente Verga de Toro: «¡Nombre y oficio! ¡Rápido!». El hombre, sorprendido por ese gigantón con cara de zafarrancho, respondió asustado, con voz estropajosa: «Me llamo Lorenzo Anabalón. Y soy músico». Entonces, el peleador reparó en el acordeón rojo, emitió un gruñido ronco y lo dejó seguir su camino. Malarrosa sonrió por lo bajo. Se sentía íntimamente halagada. Junto al peleador no le podía pasar nunca nada malo. En cambio, su padre ni siquiera había despertado con el barullo.

Al llegar a la estación Catalina los esperaba el Ford T y una ventolera que hacía retemblar las calaminas de los techos. En el camino hasta el pueblo quedaron tres veces en pana y cada vez los hombres hubieron de bajarse, una vez a dar vueltas la manivela y las otras dos a empujar el auto. Saladino Robles había retomado su perorata de la noche y Oliverio Trébol seguía sin decir palabra. Cuando la oscuridad comenzaba a resquebrajarse y el amanecer emergía crudo todavía tras los cerros, divisaron a lo lejos las exiguas casas de Yungay. Malarrosa, medio dormida, lo comparó con el recuerdo de Pampa Unión –ella nunca había visto un pueblo más sonajero que ése–, y le pareció mucho más triste todavía, y más muerto, que cuando partieron.

Con el viento rugiendo suelto por las calles, Yungay ya semejaba otro caserío abandonado en el desierto.

VII

El viento sin hatos de nubes, el viento sin car-
gazón de olores, el viento sin concierto de trinos, sin
alas, sin volantines, sin banderas; el viento a capella,
a pie descalzo, a puro pelo; el viento insípido, ino-
doro, incoloro; el viento en estado puro, pura piedra
sublimada. El viento asceta, el viento ermitaño, el
viento faquir, el viento alimentado sólo de silbidos,
de sollozos, de murmullos; el viento insomne, sonámbulo, alucinado, peinando dunas, lamiendo piedras, el viento raspando con su vidrio los calcinados
cráneos de vaca, blanqueándolos, alisándolos, pulién-
dolos hasta el delirio. El viento colmando los estadios
del desierto, desplazando sus castillos traslúcidos, sus
catedrales transparentes, sus vastos bloques de oxíge-
no; el viento vistiendo su cilicio de arena, ovillándo-
se en remolinos gigantes, aullando como un fantasma
desamparado en las abandonadas oficinas salitreras.
El viento invadiendo el pueblo, entrando por sus
cuatro costados, colándose por puertas y ventanas
desquiciadas, recorriendo sus calles desiertas, borrando todo rastro humano; el viento como presa-
gio ineluctable de su inminente desaparición de la
faz de la tierra.

Malarrosa no podía dormir. Sentada en su cama sentía el viento en la calle aullando, mordiendo
su ventana con la misma ferocidad de los perros de

su vecino carnicero. El viento era como el espectro de todos los cucos juntos. Sintió miedo. ¿Sería que el pueblo ya estaba a punto de convertirse en un espejismo? ¿Que desaparecería en el aire como los otros pueblos de la pampa? Angustiada, se incorporó de su cama, encendió el cabo de vela de la palmatoria y fue a la cocina a tomar agua. Hacía dos días que el viento no paraba de soplar. Por un agujero de las calaminas del comedor miró hacia afuera. Su corazón le dio un vuelco en el pecho: ¡no había nada! La noche era un solo fulgor sonámbulo. Tras un instante de zozobra, se dio cuenta con alivio de que en verdad la calle seguía ahí, pero como flotando en el fondo de un océano lechoso (la luz de la luna volvía el mundo irreal). Vio las siluetas de las casas de enfrente: aunque parecían vagas e inmateriales, todavía estaban en su sitio. Aún no habían desaparecido. Su corazón se sosegó ¡Menos mal! Antes de volver a su cama se asomó a la habitación de su padre. Como siempre, dormía profundamente, con toda la boca abierta. Se acordó de lo que a veces le decía su abuela Rosa Amparo: que no durmiera con la boca abierta porque los diablitos le podían robar el alma. Eso era entonces lo que le estaba pasando a Yungay: con tantas casas ya desmanteladas y abiertas al abandono, los diablillos del viento le estaba robando el alma y convirtiéndolo en un pueblo fantasma.

A esas alturas, los pocos habitantes que sobrevivían en Yungay veían con desilusión que el pueblo se moría inexorablemente. Cada vez eran más las casas vacías y desmanteladas. Como el terreno no era de propiedad de ellos, sino arrendado, y por lo mismo ninguno podía vender su casa —«y habría que ser loco de remate para comprar aquí, paisita»–, los que se marchaban optaban por desarmarlas y llevarse lo más que podían: puertas, ventanas, claraboyas. Y los que no tenían cómo transportar sus pertenencias, simplemente se iban y dejaban sus casas intactas, con muebles, cuadros, cortinas y todo adentro.

Además de ya haber cerrado varios almacenes, tiendas de ropa, de menaje, y la mayoría de las casas de pensión, más dos de los tres últimos salones de billares que quedaban, ahora, a raíz de la muerte de la señorita preceptora, la escuela también había dejado de funcionar. Y el último rumor que había comenzado a circular –para algunos, indesmentible por lo esperado– era que desde Antofagasta se había cursado la orden de transferir a los policías. Y todos tenían claro que difícilmente serían reemplazados. Todo aquello sin mencionar que cada día el tren de pasajeros llegaba a la estación con menos coches, y cada vez eran más escasas las personas que bajaban en el andén.

En las calles ya casi penaban las ánimas.

Pero la señal definitiva de que la muerte del pueblo no tenía vuelta fue el cierre del burdel El Loro Verde. Sin clientes, y sin ánimo ya para poder competir con El Poncho Roto, Elvira Mamani terminó por arriar la bandera, apagar el farolito rojo, cerrar las puertas y largarse del pueblo con su hato de mujeres, sus tres gatos de angora y su maricón de pelo blanco –la única gracia de este manflorita, ya viejo y quitado de bulla, era que bordaba manteles y sábanas mejor que una hermana de convento–. La matrona, que dijo que se iba a instalar con un salón en el puerto de Taltal, se fue en silencio, sin hacer ninguna clase de escándalos. No obstante, antes de irse, coaligada con una anciana versada en brujerías que se trajo desde Taltal, le hizo toda clase de maleficios a su vieja amiga y compinche, y le «cargó» la casa con tierra de cementerio, sangre de menstruación y pelos de gato negro sacrificado a medianoche. «Algún día tengo que verte arrastrándote por el suelo, echando espumarajos por la boca y pidiendo comida en el mismo tarro en que orinas», le escribió en una hoja de carta de bordes enlutados, que le mandó a dejar con un mensajero cuando ya estaba embarcada en el tren de las cinco.

Sin embargo, Imperio Zenobia contaba con la Coña, que desde su lecho de enferma le ayudó a repeler los maleficios a puras plegarias y mandas a Santa Ágata. Según le había contado la prostituta, Santa Ágata, patrona de las nodrizas y los fundidores de campanas, era la santa preferida de su madre, quien en España, aunque nunca llegó a fundir campanas, sí había sido una preciada ama de cría. Tan efectivas fueron las invocaciones a la santa, que además de rebatir las brujerías hicieron que, a última hora, algunas de las prostitutas más bellas y solicitadas de El Loro Verde traicionaran a su madame y pidieran asilo en El Poncho Roto.

Las mujeres llegaron diciendo que en la casa de Elvira Mamani, todos culpaban del desastre a Flor Azul del Desierto y su número de baile. Y aunque Morga se abanicaba de engreimiento y estaba feliz de la vida —«sí, señor, ella solita había derrotado a El Loro Verde»–, una pena le amustiaba la sonrisa. Su hombre se le iba. Oliverio Trébol, alias el Bolastristes, su amor pampino, se marchaba, abandonaba el pueblo para siempre. Ella había sido la primera en saberlo. El peleador se lo había contado la noche siguiente de su regreso del cantón Central.

Y aunque se suponía que era un secreto, Morgano, rebasado por la pena, después de beberse una botella de coñac él solo, se lo contó llorando a todas las prostitutas de la casa.

Tres días después de su última pelea, Oliverio Trébol fue interrumpido por la dueña de la pensión. Alguien lo buscaba. A la pregunta de quién era, doña Juventina dijo que se trataba de ese rengo que era jugador y que andaba con su hija a la rastra para todos lados. Lo dijo de manera despectiva. Cuando el peleador le pidió que, por favor, lo hiciera pasar, la mujer suspiró hondo y en su habitual tonillo de madre sobreprotectora, y con su locuacidad irrefrenable, le dijo que se fuera con cuidado con ese individuo, que hágame caso, don Olivito, se lo decía por su bien, a ella no le daba muy buena espina que digamos. «Como decía mi abuelo: con cojos y bizcos, ni al circo».

Saladino Robles entró a la pieza furioso. Así que el señorito Oliverio de las Mercedes Trébol Carvajal, más conocido en los bajos fondos como el Bolastristes, se iba del pueblo y no le había dicho ni una palabra a él, a su mejor amigo. Esa sí que estaba buena. Pero sí se lo había contado enseguida al maricatunga, ¿verdad? «Si no hubiese sido porque Malarrosa se lo oyó de casualidad a una de las putas de El Poncho Roto, yo todavía no me entero».

Oliverio Trébol se mosqueó. En esos momentos se estaba poniendo Mentholato en las magulladuras aún frescas de su rostro y luego pensaba ir a tomarse una cerveza. Desde la pelea que no salía a la calle. Luego de ofrecerle asiento, le palmoteó el hombro con desgano y le dijo que la cosa no era para que armara tanto bochinche, el amigo Salado. Estos últimos días se los había pasado encerrado en su pieza rumiando una proposición para irse a radicar en Pampa Unión, y justo ahora que ya había decidido qué hacer pensaba contárselo. A él y a todo el que le interesara. Entonces, lo invitó a una cerveza en el boliche para historiarle de qué se trataba todo el frangollo.

La persona que había ido a verlo esa mañana en Pampa Unión era su amigo Roberto Molina, el púgil boliviano a quien no veía hacía años y que ahora residía en la oficina Chacabuco, del cantón Central. Al enterarse de que él iba a pelear por esos pagos, fue a verlo para tratar de convencerlo de que se dejara de andar peleando por ahí con matones de poca monta y se dedicara al boxeo profesional, que estaba desperdiciando su talento miserablemente. Él le aseguraba que podría tener mucho éxito. Todavía no había visto a nadie de su peso que se moviera tan bien.

El púgil boliviano, tras la matanza de San Gregorio, se había ido a trabajar de patizorro a la oficina Chacabuco, distante apenas cuatro kilómetros de Pampa Unión, aunque desde hacía unos años a la fecha ya no laboraba más en las calicheras, sino que se ganaba la vida en el boxeo. Pero ya no peleando, sino entrenando a púgiles profesionales, que era lo que verdaderamente le gustaba hacer ¿O acaso no se acordaba el amigo Bolastristes de cuando lo adiestraba en las calicheras de la oficina Valparaíso? Además, estaba implementando un club de boxeo, aquí mismo en el pueblo de Pampa Unión, y ya tenía pupilos de todo el cantón Central. Y varios de ellos comenzaban a sonar no sólo en la pampa, sino también en la misma capital del país. Ahí tenía el ejemplo, le dijo en tono vehemente, de Segundo Agustín Rivera, un púgil de Pedro de Valdivia, apodado el Tordo, que estaba dando mucho que hablar. Un jovencito valiente como él solo, que había ganado una pelea con una mano fracturada y que ahora estaba listo para ir a pelear el título nacional de los pesos medio medianos a Santiago. «En un tiempo más usted, paisanito, podría lograr lo mismo», le dijo. «Por qué no». Lo único que tenía que hacer era venirse con monos y petacas a Pampa Unión. Él se encargaría de entrenarlo, de buscarle un representante y de hacerlo debutar en el ring como todo un profesional, con *second* y ayudantes incluidos. Y finalmente, para convencerlo, le mostró algunos afiches en donde aparecía su nombre, su foto y el número de sus peleas ganadas. ¿Acaso no le gustaría al paisanito que su nombre y su foto aparecieran en afiches como estos con epítetos como «valiente pugilista», «campeón invencible» o «formidable boxeador»? ¿Y que sus peleas fueran animadas por orfeones y bandas musicales en estadios repletos de público? Además de todo eso, si le iba bien, como él estaba seguro que le iría, iba a ganar mucho más dinero que lo que ganaba en esas peleas callejeras.

Y como había ido a verlo dispuesto a convencerlo, le mostró algunos contratos suyos y de algunos otros púgiles de la región. Cuando le pasó la carpeta para que él mismo los leyera, Oliverio Trébol les echó una hojeada rápida: estaban hechos en hoja de papel oficio, escritos a máquina de escribir, adornados de grandes timbres azules y refrendados con rimbombantes firmas hechas con tinta violeta. Se los devolvió enseguida.

«Se le ha olvidado, don Roberto, que a mí las letras no me hablan», le dijo turbado.

Entonces, el pugilista se disculpó y tomó un contrato de los suyos, uno de sus últimas peleas. Y leyó en voz alta:

«Contrato de pelea. Habiéndose reunido los boxeadores de peso pluma Roberto Molina, campeón de la oficina Chacabuco, y Manuel Guerra, campeón de la oficina Cecilia, para pelear en el Cecilia Boeing Club, el día 2 de marzo de 1929, y ante la presencia de los representantes, señores Inocencio Cárdenas y Felipe Romero, se ha acordado el siguiente contrato, cuyas condiciones, aceptadas por ambos contendores, a continuación se describen: El encuentro será a ocho rounds, de tres minutos de pelea por uno de descanso. Cada contendor podrá contar con un *second* y dos ayudantes con derecho a esponja. Los guantes de combate serán de cinco libras, nuevos, los que quedarán en poder del vencedor. Las vendas serán de hilo y gutapercha, puestas en el ring, quedando excluido el uso de huincha aisladora. Del dinero recaudado por entradas se descontará un veinte por ciento: diez por ciento para cubrir el impuesto legal a los espectáculos, y el otro diez a beneficio del Cecilia Boeing Club. El premio para el vencedor de la pelea será el setenta por ciento restante, y un treinta por ciento para el vencido. El boxeador que sea descalificado por el árbitro por no hacer pelea o por cualquier otra causa, tendrá una multa equivalente a la mitad de su premio, dinero que irá a beneficio de alguna sociedad de caridad pública. Para fiel cumplimiento de este contrato, firman etc., etc., etc.».

¿Qué le parecía al amigo Bolas? ¿No era verdad que esas sí que eran peleas? ¿Y que no tenía ni que pensarlo para venirse? «Usted se viene a Pampa Unión y yo lo hago campeón de Chile, amigo mío».

Antes de marcharse, el púgil le hizo un regalo por la amistad de tantos años: le dijo que él conocía perfectamente al mequetrefe con quien iba a pelear esa mañana, y que lo único que tenía que hacer era pegarle en los riñones: «Fuerte en los riñones, amigazo, que ése es su "talón de Hércules"», finalizó don Roberto.

«Y eso es todo, amigo Salado», terminó diciendo Oliverio Trébol. Y tras pedir a la mesera que trajera la cuenta, con acento decidido y dando por terminada la conversa, le dijo que después de la revancha con el pulpero Santos Torrealba, él tomaba sus pilchas y se las envelaba a Pampa Unión. Ya estaba resuelto.

«Total, este pueblo ya no da para más».

Por los días en que todos en Yungay hablaban de la revancha entre Oliverio Trébol y el pulpero Santos Torrealba, se supo que la venida de Tito Apostólico era asunto dado. Aparecería por Navidad. De modo que, aunque la agonía del cantón de Aguas Blancas era irremediable, en el pueblo los últimos días del año prometían ser particularmente animados.

Sin embargo, siendo que la venida del tahúr era todo un suceso, la atención de los yungarinos en esos momentos estaba puesta puramente en el encuentro de los matones. El combate prometía. Y es que, aparte de que las heridas del último pugilato de Oliverio Trébol no habían cerrado del todo (el boticario le había aconsejado no pelear hasta dentro de diez días), sus seguidores comentaban que esta vez la cosa estaba peluda para el representante del pueblo. Por gente que transitaba desde Yungay a la oficina Eugenia, y viceversa, se sabía que el pulpero Santos Torrealba estaba entrenando como el diablo, y que andaba pregonando por ahí que ahora no daría ningún tipo de ventaja –no probar un solo trago de vino antes de la pelea, por ejemplo, sino pura sangre de toro, como lo estaba haciendo hasta ahora– y que amenazaba con hacer carne molida con los restos de su contendor.

«Una cosa es cacarear y otra poner huevos», le había mandado a decir Oliverio Trébol.

Pese a todo, las apuestas estaban dos a uno a favor de Oliverio Trébol. No en vano el Bolastristes había derrotado nada más y nada menos que al mismísimo campeón del cantón Central, que aunque muy pocos sabían quién diablos era, sonaba rimbombante decirlo y oírlo decir.

El combate se había pactado para el día 20 de diciembre, a las cuatro de la tarde, en los reductos de la oficina Eugenia. Aunque allí no existía ningún peligro con la ley, pues no había policía –el orden público estaba al cuidado de los vigilantes de la empresa, y ésos se dejaban aceitar fácilmente–, el sitio elegido para la pelea fue detrás de la carbonera, un barracón cuya explanada posterior colindaba con las llanuras de la pampa rasa. Aquel espacio se había erigido en el campo de batalla por derecho propio, pues ahí era donde, después de las horas de trabajo, llegaban a saldar sus diferencias y cuentas pendientes los patizorros y los tiznados de la oficina.

Llegada la fecha de la pelea, la mayoría de los apostadores que quedaban en el pueblo se embarcaron en los carros abiertos del tren calichero de las dos de la tarde. Un grupo de los que no alcanzaron el tren se las ingenió para conseguir que el jefe de estación les prestara las dos volandas del ferrocarril Coloso-Aguas Blancas. Don Antonio Antúnez, retorciendo sus bigotes de columpio, se lamentaba de no poder asistir a la brega por tener que llevar a su mujer donde el boticario a que le sacara una muela. «Anoche no pegó un ojo la pobre», dijo.

Un patizorro del grupo le dijo con toda naturalidad que desarmara un cartucho de dinamita y le pusiera un pichintún del mejunje en el cráter de la muela podrida; era el más santo remedio que existía: se le iba a caer solita.

«Yo lo hice con todas», dijo, y abrió la boca y mostró sus encías molares totalmente despojadas.

El jefe de la estación frunció el ceño; su mujer no era un animal, jovencito, hágame el favor de no ser insolente. Después, tras de hacerse rogar un rato largo, terminó cediéndoles las volandas siempre y cuando los caballeros lo llevaran en una apuestita. Tenía el equivalente a un mes de sueldo para apostar a Bolastristes.

Oliverio Trébol, Saladino Robles y Malarrosa se fueron en el Ford T, arrendado especialmente para la ocasión. Salieron del pueblo poco después del almuerzo, para que no los sorprendiera el viento de las cuatro de la tarde y la molestia de sus remolinos de arena. En el trayecto dejaron atrás a varios yungarinos que marchaban a lomo de mulas, y a otros que, al no tener ninguna clase de transporte, simplemente se habían echado a caminar a través de la pampa los cinco kilómetros que separaban al pueblo de la oficina Eugenia.

Entre los caminantes, que sudaban como bestias bajo el sol de azufre, vieron al maestro Uldorico. El fabricante de ataúdes, como siempre, iba solo, apartado hoscamente de los demás. Con su andar despatarrado y su levita negra que no se sacaba ni en los días de más canícula, subiendo y bajando desmontes de calicheras viejas, les pareció un desmejorado jote tratando de emprender el vuelo a duras penas. Al pasar el vehículo frente a él, el chofer se persignó aparatosamente. Luego dijo que lo hacía cada vez que se lo topaba por ahí.

«Para mí, este hombrecito de negro es señal de mal agüero», explicó. Y se puso a contar como verdad indesmentible –«mi hijo lo vio con sus propios ojos»– lo que todo el pueblo comentó en su tiempo como una habladuría sin fundamento: que el personaje eran tan insensible a la muerte de las personas, que la vez que se halló ahorcada en su casa a la mujer del Chino de los Perros, como el señor juez se demoraba en llegar a dar la orden de descolgarla, el muy cabrón no había tenido ningún escrúpulo en sacar su huinchita y medirla colgada, como se medían las corvinas en una competencia de pesca.

Mientras el vehículo se zarandeaba por la calamina de tierra, el único que hablaba y refería historias y contaba chascarros y se reía a carcajadas de lo que contaba era el chofer. Y la única que le ponía atención era Malarrosa. Los amigos, cada uno pegado a su ventanilla, como hechizados por los espejismos del paisaje, iban silenciosos y ensimismados. Desde que Saladino Robles se había enterado de la próxima partida del peleador andaba con el ánimo pastoso, y las relaciones entre ambos distaban mucho de ser las de antes. El padre de Malarrosa ya no invitaba a su amigo a la casa, y éste ya no se preocupaba mucho de su labor de guardaespaldas.

Aunque el peleador seguía acompañándolo a El Poncho Roto y, con un vaso en la mano, se sentaba detrás de él, a horcajadas en la silla, nunca se centraba ciento por ciento en la mesa de juego, sino que se distraía mirando embobado las traslaciones de Morgano; jamás se cansaba de admirar los ademanes y la gracia de ángel con que el bailarín se desplazaba incólume por entre los borrachos. Después, apenas se comenzaba a anunciar el número de Morgana, la Flor Azul del Desierto, el peleador se olvidaba por completo de la seguridad de su amigo y se iba a sentar en la mesa de siempre, junto al piano, y sólo tenía ojos y oídos y olfato para la bailarina y sus pasos de charlestón, para la bailarina y el tintinear de sus joyas doradas, para la bailarina y la estela aromosa de su perfume francés.

Incluso, en las últimas jornadas, al terminar la noche en el burdel, ya no acompañaba al padre y a la hija de vuelta a la casa. A veces ni siquiera se iba a su propia pensión. Pasado completamente de copas, se quedaba a pernoctar en los aposentos de Morgano.

Malarrosa, por su parte, sobrellevaba en silencio la pena de su amor infantil. Ella tampoco quería que Oliverio Trébol se fuera. El peleador le infundía seguridad. Siempre había sentido que estando ese hombre grande presente, ni a ella ni a su padre les podía pasar nada malo. Aún más, estaba completamente segura de que el fin del mundo no podía ser si estaba junto a Oliverio Trébol. Sus manos grandes como palas eran todopoderosas.

Estas últimas noches en El Poncho Roto, mientras su padre apostaba y ganaba a las cartas, ella y Morgano habían hablado del tema largamente. En tanto Malarrosa lo asistía en el vestuario y le retocaba el maquillaje antes de salir a escena, ambos se lamentaban y se consolaban mutuamente de la partida del peleador. Como todos los hombres del mundo, el Bolastristes era un ingrato y un malagradecido.

«Por mí, que se vaya a la porra», suspiraba Morgano a punto de llorar.

En la oficina Eugenia, media hora antes del combate, Saladino Robles invitó a su amigo a tomar una cerveza en la fonda de los obreros. Aún tenían tiempo de sobra, y el calor de los demonios que hacía amelcochaba los ánimos del patizorro más pintado, ¿no le parece, amigo Bolas?

Oliverio Trébol no quería beber nada antes de la pelea.

«Sólo una, para remojar el gaznate», insistió el jugador. Además, tenía que decirle algo importante.

Ya acodado en el zinc grasiento del mesón, mientras Malarrosa se tomaba un refresco sentada en una banca hecha de durmientes, el jugador le comunicó a su amigo la noticia que alguien le había dado la noche anterior: el púgil Felimón Otondo había muerto a causa de los golpes recibidos en la pelea. El asunto había salido publicado en *El Palo Grueso*, un pasquín que se publicaba semanalmente en el pueblo de Pampa Unión. El artículo decía que el hombre falleció luego de casi dos semanas de yacer en estado de coma. Con esa noticia, le dijo satisfecho Saladino Robles, las apuestas estaban subiendo aún más a su favor, pues él en persona se había encargado de divulgarla.

«El coso, amigo Bolas», le palmoteó el hombro festivamente, «es que usted se ha convertido en el favorito indiscutible».

Oliverio Trébol se ensombreció.

Cuando se hallaba preocupado o turbado por algo, las cicatrices de la viruela parecían remarcársele aún más en la cara. Mirando la espuma de la cerveza tibia en el vaso sucio, revivió como en un remolino de imágenes el episodio de San Gregorio, cuando tuvo que matar a un hombre para defender su vida y la de Saladino Robles. Pero una cosa era matar a un milico desquiciado que disparaba a mansalva, sin importarle mujeres y niños, y otra muy distinta quitarle la vida a alguien en una maldita pelea por dinero. Si el fantasma de la primera muerte aún lo asediaba en sus malos sueños, Oliverio Trébol se dijo, compungido, que no sabía si su conciencia iba a poder soportar el peso de esta segunda.

La bulla de que el matón de Yungay había dado muerte a golpes a un púgil campeón profesional de Pampa Unión surtió un efecto inusitado. La oficina Eugenia se despobló para asistir a la pelea detrás de la carbonera. Todo el mundo quería estar presente en el combate. Como el carbón era transportado en tren hasta la oficina, había un ramal de la línea férrea que llegaba al interior mismo de la carbonera, de tal modo que el grupo que se vino en volanda desde Yungay llegó hasta el propio campo de batalla y, ahora, con una visión privilegiada, se aprestaban a presenciar la pelea encaramados sobre la plataforma de madera de los pequeños carromatos. Junto a una de estas volandas, sentado sobre su pañuelo extendido en el suelo, se vio acomodado a don Uldorico.

Aparte de algunos guardias y serenos camuflados entre la gente, el combate había atraído la atención de empleados de escritorio y jefes de la oficina. Incluso un par de gringos –con sus pipas de tabaco fragante, sus lentes de sol con marcos dorados y sus cucalecos de safari–, amparados bajo la escasa sombra que daba el cierre de calaminas de la carbonera, esperaban impasibles el inicio de la contienda. Además, habían llegado apostadores de Bonasort, de Castilla, de Rosario y de Dominador, algunas de las últimas oficinas salitreras que aún funcionaban en el cantón. En medio de todo el gentío, varios vendedores ambulantes, la mayoría mujeres y niños descalzos, se hacían la América ofreciendo limonadas, mote con huesillos y pan amasado con chicharrones.

El primer combatiente en llegar al recinto fue Oliverio Trébol. Mientras el público local le demostró su hostilidad con rechiflas y garabatos de grueso calibre, las decenas de apostadores venidos de Yungay lo recibieron con vítores y grandes abrazos y palmadas amistosas.

«¡Viva el Bolastristes!», gritaban hasta desgañitarse.

El peleador se veía huraño y distante.

Minutos más tarde, entre un clamoreo estruendoso y un alborozado volar de sombreros, asomó el pulpero Santos Torrealba. Al parecer, el matón de la oficina era aficionado al arte teatral, pues su aparición fue una verdadera puesta en escena. Llegó rodeado de cuatro hombres de indumentaria oscura y cara torva, mientras él lucía una tenida de las que usaba para descuartizar los cortes de vacuno en la pulpería: pantalón y cotona de saco harinero, ambas prendas manchadas horrendamente de sangre fresca. Y para impresionar aún más a su adversario, no sólo traía la ropa manchada, sino que venía con la cara y las manos chorreantes de una sangre espesa y negruzca. Mientras esperaba el inicio de la pelea, el pulpero se fue a hacer ejercicios detrás de un carro carbonero vacío, asistido por sus cuatro secuaces.

Sin embargo, pese a la jubilosa recepción del pulpero por parte de los eugeninos (y a la hostilidad con que recibieron al Bolastristes), la mayoría de ellos había apostado a favor del peleador de Yungay. La noticia de la muerte del boxeador de Pampa Unión había logrado subir ostensiblemente las preferencias por Oliverio Trébol. Las apuestas estaban diez a uno a su favor.

Cuando el sol ya cargaba hacia el oeste y en la pampa comenzaba a soplar el viento de las cuatro de la tarde –levantando un molesto polvillo negro, pues todo el terreno alrededor se veía cubierto de carbonilla–, un hombre comenzó a trazar el campo de batalla en la arena. Era el mismo cariacuchillado que en la estación de Yungay se anticipó a dibujar el círculo con el pie, desafiando fanfarronamente a todo el mundo.

Mientras los peleadores, cada uno por su lado, se ejercitaban brincando y lanzando combos al aire, se podía ver la clara diferencia de actitud entre uno y otro. El pulpero Santos Torrealba, detrás del carro carbonero, se movía y bufaba derrochando fuerza y fiereza. Oliverio Trébol, aún con el ánimo abollado con la noticia de la muerte del púgil unionino, hacía indecisos ejercicios de pies junto a una vieja carreta calichera sin ruedas, apoyada contra las calaminas de la carbonera. El peleador estaba obnubilado. Aunque toda su vida había sido un constante dar y recibir golpes, nunca pensó que iba a terminar matando a alguien con sus puños.

Cuando los contrincantes fueron llamados al redondel. Saladino Robles, afanado aún en recibir apuestas, se acercó a su amigo y le deseó suerte.

«Sólo tienes que hacer lo que sabes hacer», le dijo lacónico.

Eran exactamente las cuatro y cinco de la tarde cuando ambos peleadores, entre la gritería y los aplausos de la gente, entraron a la redondela. El calor aplastaba como una plancha ardiente y un jote huacho, planeando en lentos círculos concéntricos, sobrevolaba el cielo aceradamente azul de la oficina.

Malarrosa, tras desearle suerte a Oliverio Trébol, había quedado un tanto rezagada en el redondel de gente. No sabía por qué tenía un mal presentimiento. Como aquella vez cuando se levantó a medianoche con una certeza alojada en el vientre (la misma sensación de alfileres helados que sentía ahora) y vio que su pajarito había muerto.

De súbito sintió que alguien le tocaba el hombro por detrás. Al girar la cabeza se encontró a boca de jarro con Morgano. El maricueca bailarín, disfrazado de patizorro (con sombrero de ala recortada en zigzag, cotona de saco harinero y pantalones encallapados), se había venido caminando desde Yungay. Con el índice en los labios le hizo el gesto para que guardara silencio. Luego le susurró al oído que no se le fuera a ocurrir por nada del mundo contarle al peleador, o a su padre, que él había venido a ver la pelea. Menos aún si a Bolastristes le iba mal. «No ves que los hombres dicen que nosotras traemos mala suerte».

Ya en posición de combate, parados uno frente al otro, los peleadores se miraron criminalmente. Hubo un silencio general. Sólo se oía el chisporroteo del sol en las calaminas de la carbonera. Algo en el ambiente decía que esta pelea iba a ser a muerte. Cuando el hombre a cargo del riel estaba listo para hacerlo sonar, el matón de Eugenia se acercó a Oliverio Trébol, le pasó una mano con sangre por la cara y le dijo, en voz alta, para que lo oyeran todos:

«Así que voy a pelear con el novio de un maricón».

Oliverio Trébol se quedó pasmado. Cuando iba a responder con una puteada, sonó el riel y, junto al campanazo, recibió el primer golpe en la cara.

«¡Ahora no estoy borracho, marica de mierda!», le escupió con ferocidad el pulpero. «¡Te voy a dejar convertido en bazofia!».

Si desde antes se supo que la pelea sería sangrienta, su inicio no hizo más que corroborarlo. Los hombres empezaron a darse con todo. Ninguno de los dos retrocedía. Sin embargo, los golpes del pulpero Torrealba parecían más potentes, más certeros. La rapidez de Oliverio Trébol parecía habérsele esfumado.

No se movía ni daba esos saltitos de bailarín borracho que sacaban de quicio a sus rivales. Su mente estaba en otro lado; sólo su cuerpo trataba de defenderse por inercia. Por lo mismo, tras los primeros minutos del combate se vio a las claras que al Bolastristes le estaban dando una zurra horrorosa. «Lo están matando, compadre, no lo puedo creer». En menos de diez minutos tenía una ceja rota, un labio partido y sangraba profusamente por las narices. En un instante de la pelea, en que ambos arremetieron con todo, en un enredo de pies y manos rodaron mancornados por el suelo. Para su mala suerte, el yungarino quedó abajo. Con sus ciento veinte kilos de humanidad a horcajadas sobre su pecho, el pulpero comenzó a golpearlo furiosamente, una y otra vez, con derecha e izquierda, sin ninguna clemencia. Malarrosa se cubría la cara con las manos para no mirar, le parecía que los puñetes del pulpero Santos Torrealba sonaban en la cara del pobrecito Bolastristes como cuando el chino de la carnicería golpeaba los trozos de carne contra el mármol sangriento del mesón. Y, compungida, en medio de la gritería infernal, se lo dijo a Morgano. Éste no emitió palabra alguna. Parecía fascinado por lo que estaba presenciando. Después, como despertando, le contó agitado que él, al llegar a la carbonera, había pasado por detrás del carro donde estaba entrenando el pulpero, y lo había visto ponerse algo en los puños antes de entrar al círculo.

«Tiene algo empuñado en cada mano», le dijo. «Son como trozos de fierro. Por eso está pegando tan fuerte. Tienes que decírselo a tu padre».

Cuando Malarrosa se lo comunicó a su padre, éste, en medio del bullicio, le hizo un gesto de impaciencia con la mano y le dijo que ya no se podía hacer nada, que una vez comenzada la pelea ni el diablo la podía detener.

Tras recibir un duro castigo debajo del pulpero, Oliverio Trébol logró zafarse y ponerse de pie. Y siguió peleando tozudamente. Pero ya su físico no daba para más. Las heridas de la pelea anterior se le habían abierto, la sangre le chorreaba por la cara, se mezclaba con el carboncillo de la polvareda y no podía ver un carajo. Su rostro agujereado por la viruela lucía dramático. A los veinticinco minutos de pelea, el pulpero arremetió con un cabezazo que dio en plena nariz de su adversario, enseguida le hizo una zancadilla y volvió a montarse sobre él. Ciegamente, como poseído, comenzó otra vez a machucarle la cara, a golpearlo sin misericordia. Oliverio Trébol buscaba cubrirse el rostro y pataleaba desesperado tratando de zafarse; pataleos que, tras unos minutos, fueron cediendo y perdiendo ímpetu, hasta que se quedó completamente quieto en la arena, entregado totalmente, como muerto. Y el pulpero, a caballo sobre él, seguía machacándolo. Hasta que la gente, horrorizada, tuvo que meterse y quitarle el cuerpo del yungarino a la fuerza. Ahí se dieron cuenta de que el matón de la oficina, que no quería calmarse ni soltar su presa, tenía un clavo de línea empuñado en cada mano. Pero ya el resultado de la pelea estaba resuelto. El vencedor fue levantado en andas por sus partidarios y, olvidándose que habían apostado en su contra, lo pasearon como a un héroe alrededor de la carbonera.

A Oliverio Trébol, en tanto, tumbado como un buey herido en la arena caliente, no podían hacerlo

reaccionar. Asistido por Saladino Robles y Malarrosa, más el grupo de yungarinos que se había venido
en las volandas, demoró varios minutos en volver en
sí. Tan descalabrado estaba que sólo atinó a murmu-
rar, con sus últimos arrestos de humor, que, por favor, no dejaran acercarse a don Uldorico.

Y volvió a perder la conciencia.

Como no podían cargarlo hasta la plaza de la
oficina en donde esperaba el Ford T, hubo que ten-
derlo en una de las volandas y devolverlo en calidad
de bulto a Yungay, del mismo modo que al pulpero
Santos Torrealba en la primera pelea.

Atardecía en el cielo –el sol era un zorro colo-
rado perdiéndose entre los cerros– cuando el grupo
de amigos emprendió el regreso a Yungay. Mientras
las volandas atravesaban la llanura directo hacia el
horizonte, todos iban en silencio. Tragando a boca-
nadas el aire yodado de la pampa, conmovidos por la
visión de ese crepúsculo en llamas, les parecía ir atravesando un paisaje cósmico.

Malarrosa imaginó que así mismito se vería de
rojo el cielo en el día del fin del mundo.

En el trayecto tuvieron que detenerse dos veces
y sacar los pequeños vehículos de la línea para dar paso a los trenes calicheros que avanzaban en sentido
contrario. Entre Saladino Robles y los cuatro hombres
que lo acompañaban bajaban y subían cuidadosamen-
te al peleador, mientras Malarrosa, con un pañuelo hu-
medecido en agua de colonia, no dejaba de restañarle
la sangre de las heridas.

Al llegar a la estación de Yungay, el peleador de
nuevo recuperó el sentido por unos instantes y preguntó que si acaso estaba muerto.

«No, don Oliverio, usted está vivo», le dijo Malarrosa casi llorando.

«Es que oigo pajaritos», dijo. «Y mi madre siempre decía que el cielo estaba lleno de pajaritos».

Y volvió a perder el conocimiento.

VIII

Bajo un cielo árido de lluvias, las piedras cantan su épico fragor de siglos, piedras que son como los lirios de los campos, como palomas caídas en picada y enterradas de cabeza en estas arenas infernales. Una astrología de piedras es el desierto de Atacama, no de piedras como frutos secos, duros, sin una gota de nada, como la conciencia de Dios; no, en este desierto castigado, sin nubes ni sombra de nubes que ungan su espinazo oxidado, las piedras palpitan, tiemblan, sufren escalofríos; tienen corazón de pájaro o de bailarina (algunos dicen que por las noches se largan bailar o se echan a volar como locas por la amplitud de la pampa). Las piedras del desierto son estrellas caídas; en sus tuétanos anida el recuerdo cósmico, la nostalgia de la noche sin nombre en donde esplenden esas otras piedras celestes que titilan sus lucecitas como trinos de alondras, o pestañeos de bailarinas melancólicas.

Y él tenía que partirlas, partir muchas piedras, hacer un acopio infinito de piedras, triturarlas con su macho de acero, pulverizarlas de un solo machazo; y se le escondían, se le corrían, huían de él las piedras, como si tuvieran vida propia; y le piaban, le croaban, le balaban las piedras, le hacían burlas; aparecían y desaparecían como lagartijas tornasoladas, saltaban como palomas cojas. «Tengo que hallarles el corazón», deliraba Oliverio Trébol, en medio de espasmos y con la boca reseca de fiebre. Llevaba tres días y tres noches chapaleando entre los arenales de la inconsciencia, mientras que Malarrosa y Morgano, y hasta doña Juventina, la dueña de la pensión, que hacían turnos para cuidarlo, le humedecían los labios y le ponían en la frente paños empapados con agua de colonia inglesa. Al tercer día, al despertar definitivamente y recordar todo lo acontecido, repetía apesadumbrado que él también debió haber muerto como el púgil de Pampa Unión.

«No diga eso, don Olivito», le regañaba maternalmente doña Juventina.

«No diga eso, caballero Oliverio», le decía Malarrosa, bajando la vista.

«No digas eso, mi Bolitastristes», le susurraba Morgano al oído.

Al llegar de la oficina Rosario, don Rutilio, el boticario, luego de examinarlo, le había diagnosticado la nariz quebrada, un diente y un colmillo flojos y una costilla fracturada en dos partes. Luego de desinfectarle las heridas del rostro con permanganato (lo mismo que usaba para las infecciones venéreas), le vendó el torso para inmovilizar el hueso de la costilla y le recetó quince días de reposo absoluto. Y por lo menos, le había dicho en uno de los instantes de lucidez del peleador, tenía que pasar seis meses sin agarrarse a combos, si no quería que el jote con leva de don Uldorico lo visitara con su huinchita sebosa.

«Por ahora, sólo podrá pelear con su conciencia, amigazo», le dijo luego, sonriendo, el boticario, «pues, por si no lo sabe, con su derrota hizo perder varios billetitos de cola larga al señor padre de mi querida esposa».

Lo mismo que el suegro del boticario, casi todos en Yungay habían apostado su plata a Oliverio Trébol, de modo que esos quince días encerrado en la pieza de su pensión servirían también para mitigar los odios y la ojeriza de los apostadores, y salvarlo de posibles agresiones por parte de los más exaltados. Sobre todo cuando al segundo día comenzó a circular el rumor, que en principio nadie quería creer, pero al que luego todos hubieron de sucumbir sin remedio –rumor que Oliverio Trébol, postrado en su lecho de enfermo, fue el último en saber–, de que el cojo marrullero de Saladino Robles se había embolsado un montón de billetes con la pelea, paisanito, pues había apostado en contra de su amigo. Y no eran pocos los que creían que el Bolastristes se había coludido con él para perder la pelea.

El primer día, la dueña de la pensión sólo dejó entrar a Saladino Robles y a su hija (el jugador había estado con él sólo ese día). No era cosa tampoco de dejar que medio mundo se paseara por los pasillos encerados de su casa. Además, el boticario había dicho que su inquilino necesitaba descansar lo máximo. Sin embargo, sólo al día siguiente, Morgano, con el encanto y la gracia innata de los mariquitas para hacerse amigos de las mujeres, en un abrir y cerrar de ojos se conquistó a doña Juventina y tuvo entrada libre a la pieza del enfermo, a la hora que usted quiera, las veces que estime conveniente y por el tiempo que se le antoje, pues, don Morganito, no faltaba más.

En las horas que pasaba junto a su cama de convaleciente, Morgano tuvo tiempo de sobra para contarle gran parte de su vida, «del bolero digno de Agustín Lara que es mi vida». Le conversó de su infancia miserable en Antofagasta, en uno de los barrios más pobres de la ciudad, adyacente al cementerio. Con un dejo de dulzura en su voz le describió a su madrecita muerta, que Dios tenga en su Santo Reino; de lo bella y dulce que era. Tan delicada y romántica que la habían de ver a su madre. Si se sabía todas las poesías de amor de Amado Nervo. ¡Y con qué pasión las declamaba en sus tardes de juego! Secándose las lágrimas con su pañuelito de encaje, le narró de cuando ella, a escondidas de su padre (que a los trece años la había sacado de un internado de monjas para casarse), lo vestía primorosamente de mujer, le empolvaba la cara y le ataba el pelo con cintas de seda rosada, y juntas jugaban a las muñecas con muñecas hechas de trapos, y declamaban poesías subidas sobre una silla, y ensayaban los pasitos de ballet que una de las monjas más jóvenes del internado le había enseñado a escondidas de la superiora. Jugaban y bailaban hasta la hora del ángelus, hasta un rato antes de oír los tronantes pasos de su padre llegando con su uniforme y su grosería de instructor militar, y ambos, madre e hijo, se convirtieran en simples ordenanzas de cuartel. Con un mohín de desprecio en su rostro pálido, le contó de su despótico progenitor, un sargento del Regimiento de Artillería Pesada que, presa del vicio del alcohol, castigaba a su madre hasta dejarla tirada en el suelo, sin sentido, y a él lo despertaba a cualquier hora de la noche (con una jarrada de agua en la cara) para obligarlo a trotar y hacer tiburones y sapitos en el patio de su casa; o para mandarlo a esas altas horas de la noche, a pie descalzo, a comprar una botella de vino adonde sea y del que sea: tinto, blanco o verde. Arrojaba un escupo al suelo y con su tronante vozarrón de mando ordenaba: «Antes de que se seque quiero mi botella de vino puesta en esta mesa ¿Oyó, su carajo? ¡Carrera, marrr!». Y su pobrecita madre llorando acurrucada como un animalito, sin poder hacer nada para remediar la situación; su madre, que había muerto en plena juventud, cuando él aún no cumplía los once años. «Dicen que la mordió una araña, yo creo que murió de tristeza». En cambio, el cabronazo de su padre aún vivía, sí, claro que sí, pero revolcándose de furia y coraje en su lecho de alcohólico por la vergüenza indigna para un militar de la patria de tener un hijo que bailaba en los lupanares del puerto luciendo vestidos de lentejuelas y peluca de mujer, y despotricando contra la ineficacia de los esbirros del recientemente derrocado general Carlos Ibáñez del Campo, por no haberlo apañado y mandado a fondear con un riel amarrado a los pies, como se había hecho con un montón de maricones a lo largo de todo Chile, y con otros tantos dirigentes obreros hechos pasar por maricones.

«¿O acaso usted no sabía, mi querido Bolas, que el dictador del paco Ibáñez había hecho eso en su gobierno?».

Y entre recuerdos y evocaciones de nostalgia, luego de cambiarle las vendas, o de desinfectarle las heridas del rostro, o después de lamerlo con la delicadeza voraz de una novia –tras asegurar bien la puerta para que no los fuera a sorprender doña Juventina–, tuvo tiempo para ilustrarlo sobre la historia del charlestón, tema que él dominaba a la perfección y le gustaba una enormidad poder demostrarlo, pues, para que usted sepa, mi querido Bolas, él siempre se había preocupado de saber y aprender todo lo que había que saber y aprender sobre lo que le gustaba hacer, que era el baile. Sentado al borde de la cama, le dijo que el charlestón nació a principios de siglo en Estados Unidos, y que su nombre se lo debía a la ciudad de Charleston, donde fue creado; le dijo que en los locos años veinte el baile había saltado a Europa, donde se impuso rápidamente como la gran moda, y de allí al resto del planeta, transformándose en locura mundial. Le dijo que los críticos y estudiosos decían que este baile, que era pura alegría de vivir, se había impuesto en el mundo entero porque la gente, después de los horrores de la Gran Guerra, sólo quería divertirse y pasarlo bien; en especial las mujeres, que al compás de su ritmo loco se liberaron de antiguos y añejos prejuicios: se cortaron el pelo como los hombres, redujeron sus polleras, comenzaron a salir a bailar solas por las noches, como los hombres, y se largaron a fumar y a usar pantalones en público, como los hombres. Pero que por eso mismo también la Santa Iglesia Católica había considerado y condenado el charlestón como una influencia diabólica para la juventud.

En los momentos en que estaba presente también Malarrosa, hablaban de temas más pueriles. Se reían mucho, por ejemplo, recordando que, de vuelta de la oficina Eugenia, al llegar a la estación, Oliverio Trébol, tras recobrar la conciencia por un rato, había preguntado si había muerto, porque oía cantar pajaritos. Pero sucedía que no sólo el peleador oía los trinos, sino todos los que venían en la volanda. Malarrosa, por entre sus lágrimas, fue la primera que vio en una esquina del andén (y supo que su visión de la otra vez no había sido un sueño) a un hombre alto como las puertas, con una chupalla de huaso calada hasta las orejas, cargando en un carretón de mano una pirámide de jaulas repletas de pájaros de todos los colores y plumajes.

Después supieron que había llegado al pueblo un vendedor de pájaros extraviado en el desierto. Y que el hombre, además de la bullanga de trinos que alborotaba a los niños en la calle, traía el dato de la fecha exacta –ahora sí categórica y definitiva– en la que llegaría Tito Apostólico a Yungay: el día 24 de diciembre, en el tren de las cinco de la tarde.

Don Rosalino del Valle, vendedor de pájaros cantores, «auténtico huaso de la provincia de Colchagua», como le gustaba decir a toda boca, era un hombre huesudo y alto –una torre de huesos–, con unos ojos tan redondos y curiosos como los de sus pájaros. Además de un sentido del humor a toda prueba, poseía una poderosa voz de barítono que en el pregón de su mercadería resonaba claramente de esquina a esquina.

«Yo debí de haber sido cantor de arias, carajo», decía nostálgico.

Como contó él mismo, arrimado a una mesa de El Poncho Roto en su primera noche en el pueblo, había llegado a Yungay de pura casualidad nomás, amistadita, arrancando de una viuda demasiado fogosa de no se acordaba qué oficina de las tantas que había recorrido vendiendo sus «bichitos». «Me subí al primer tren que apareció y me bajé en la primera estación donde vi gente». Sobre lo de la venida de Tito Apostólico a Yungay, se había enterado días atrás en una partida de póquer armada en uno de los tantos trenes abordados en la pampa. Se lo oyó a uno de los jugadores que había estado con el tahúr en un garito de Antofagasta.

El vendedor de pájaros contó, además, que hacía años que tenía en la cabeza la idea de venir a vender pájaros a la pampa. Incluso una vez le había propuesto el negocio a su amigo, el dirigente obrero don Luis Emilio Recabarren, cuando éste era diputado por la provincia de Antofagasta, pero luego el dirigente se había suicidado y todo había quedado en nada. Hasta que, ahora, al fin, se había decidido. Pero tarde se daba cuenta de que lo hizo en un muy mal momento, pues en su recorrido por los cantones de la pampa se halló con que muchas salitreras estaban paralizadas o a punto de paralizar. El desierto estaba lleno de pueblos fantasmas, hasta el punto que él mismo, en dos oportunidades, se había equivocado y había descendido del tren en pueblos abandonados. En ambas ocasiones por supuesto que les había dejado un par de pajaritos a los viejos que se quedaron a cuidar los escombros de los campamentos, pues a él le parecía que no había soledad más grande que vivir solo entre los derribos de un caserío fantasma perdido en el desierto más solitario del mundo. «Es como quedar abandonado en otro planeta, amistadita», expresaba en tono de predicador ebrio, redondeando aún más sus ojos de pájaro insomne.

Como ninguna dueña de pensión lo aceptó en su casa con la batahola de sus pájaros, don Rosalino del Valle apalabró a Imperio Zenobia y logró dejar sus jaulas a recaudo en el patio de El Poncho Roto. Y no sólo eso, sino que se quedó como arrendatario de una de las habitaciones sobrantes del burdel. Por las mañanas salía con media docena de jaulas colgando a sus espaldas, y dos en cada uno de sus brazos larguiruchos, y recorría a grandes trancadas las calles desiertas pregonando su mercancía a viva voz, hasta rematar en la estación ferroviaria, en donde trataba de aliviar con canarios, zorzales y jilgueros el ecuménico aburrimiento de los pasajeros del tren.

Las prostitutas más jóvenes del burdel estaban encantadas con que el hombre guardara los pajaritos en el patio. La marimorena de trinos que colmaba todo el ámbito de la casa venía a alegrarles un poco el clima de claustro que adquiría durante el ocioso transcurrir del día, sobre todo a la hora de la siesta. Y ellas, por su cuenta y riesgo, felices de la vida, jugando a quién imitaba mejor sus gorjeos, se encargaban de limpiar las jaulas, de reponer el alpiste y de cambiarle el agua a los abrevaderos hechos con tarros de paté marca Pajarito.

Imperio Zenobia había acogido al vendedor de pájaros nada más, don Rosalino, porque usted dice que fue amigo de don Luis Emilio Recabarren, personaje que, para que usted lo sepa, yo conocí en mis tiempos mozos, y muy bien. «Ése sí que era un hombre de alforjas bien puestas, carajo». Y esa noche, con una copita de anís en la mano, la madame se sentó a contarle lo que a menudo, en sus horas de nostalgia, contaba a los parroquianos que la quisieran escuchar: que por un buen tiempo –«en uno de los períodos mejores de mi vida»– ella había sido amante de don Luis Emilio Recabarren, el aguerrido dirigente obrero, quien, tras años de lucha, de cárcel y de exilio, había llegado a ser diputado de la república. Pero doña Imperio Zenobia –y esta era una de las cosas que más sacaba de quicio a la boliviana Elvira Mamani, por los tiempos en que aún eran amigas–, con unas copas de más, se jactaba de haber sido amante de los más conspicuos personajes que pasaron alguna vez por las comarcas pampinas; desde el ex Presidente de Chile don Arturo Alessandri Palma, conocido como el León de Tarapacá («león que luego les dio un zarpazo a los mismos proletarios que lo eligieron, pues, doña, no se olvide usted de eso»), hasta el atildado poeta porteño don Carlos Pezoa Véliz. «Sentado al borde de mi cama, con un aura de desamparo que causaba ternura, Carlitos escribió algunos de los más bellos poemas de su libro *Alma chilena*», decía con la mayor naturalidad del mundo. Empero, en sus noches más burbujeantes, sobre todo cuando sus salones eran honrados por alguna visita ilustre, doña Imperio Zenobia blasonaba de haberse llevado a la cama nada más y nada menos que al mismísimo Enrico Caruso, aquella vez en que anduvo de gira por la pampa. En un afectado mohín de lujuria, y muy suelta de cuerpo, decía que allí, desnudo entre sus sábanas perfumadas de violeta, le había hecho dar su mejor do de pecho al tenor napolitano.

Aquella noche, don Rosalino del Valle, con atento gesto de hombre de mundo, viajado y experimentado como él solo, estaba en tren de oír y asentir a todo lo que contara la madame. Lo único que le interesaba era instalarse en la casa con sus bichitos. En estado de sobriedad, el vendedor de pájaros era un hombre bizarro, atento y cortés cual esos antiguos hidalgos de lanza en astillero. La expresión más prosaica e inelegante que se le podía oír era la muy ad hoc: «Me importa un alpiste». Sin embargo, con un trago en la cabeza se depravaba y se transformaba en «un vulgar huaso licencioso», como lo pudo comprobar esa misma noche Imperio Zenobia y las demás prostitutas de la casa. Allí se dieron cuenta de que una de sus intemperantes costumbres, cuando se emborrachaba, era jactarse a toda boca de que en mi tronquito, queridas mías, se podían posar sin problemas hasta siete pájaros en hilera. Después acotaba con una estruendosa carcajada de lascivia:

«Aunque el último casi-casi resbalándose».

Y en eso justamente estaba la segunda noche de su llegada al pueblo, alabándose ante las mujeres de El Poncho Roto de que la suya era más contundente que la mismísima verga de toro del teniente Verga de Toro –«le apuesto todos mis bichitos a quien quiera»–, cuando el policía entró al salón de improviso y lo sorprendió con su apodo en la boca. Sin decir palabra, lo tomó de una manga y se lo llevó detenido. Y lo tuvo toda la noche castigado en el cepo. Le importó un cuesco que el vendedor de pájaros –como le rezongaba afligido mientras se lo llevaba– fuera un paisano de los campos de Colchagua, mi teniente, la querida tierra que a usted y a mí nos vio nacer, amistadita.

«La ley es la ley, carajo».

Esa fue la última detención del Verga de Toro como policía del pueblo. Y don Rosalino del Valle Aróstica Méndez, cincuenta y cuatro años, viudo, de oficio vendedor ambulante, natural de la ciudad de Santa Cruz, con residencia en la capital, sin antecedentes policiales, el último preso en los calabozos del cuartel. Dos días después el teniente fue trasladado a Antofagasta y las instalaciones del recinto policial quedaron abandonadas como tantas otras dependencias públicas, negocios y casas particulares.

Su partida fue muy sonada entre los escasos habitantes que quedaban en el pueblo. El teniente había enviado sus cosas al puerto con sus dos ayudantes, y él se quedó una semana más por cuestiones de papeleo y para resolver algunos asuntos personales. Dos días antes de su traslado definitivo comenzó a beber de manera escandalosa y a pregonar con dejo despectivo y en todo los lugares públicos –cuando se embriagaba su voz se le aflautaba todavía más– que ahí les dejo este pueblo del carajo, hagan lo que quieran con él, tienen chipe libre para hacer lo que les dé la gana; pueden robarse entre ustedes y matarse de a uno si quieren, que yo no estaré más para cuidarle el culo a ningún legañoso de mierda.

Sin embargo, lo más comentado de todo fue que la mañana del mismo día de su partida, el policía apareció durmiendo en un escaño de la plaza Prat, frente al edificio del cuartel, borracho como tagua, con los pantalones apeñuscados a los tobillos y con su verga de toro metida completita en su gordo culo rosado. Se decía después que las ejecutoras del hecho habían sido las prostitutas de El Poncho Roto, que le habían ofrecido una estruendosa fiesta de despedida en donde lo emborracharon –se dice que algo le pusieron al vino– y luego se cobraron venganza por todas las tropelías que el muy cabrón perpetraba contra ellas en sus noches de juerga.

El único que no quedó contento con la partida del teniente fue don Uldorico. El hombrecito había jurado que algún día el cadáver del Verga de Toro tendría que caer bajo su huinchita inapelable, y ese día le iba a fabricar un cajón con unos cuantos centímetros menos, para que el noble hijo de puta se quedara con las piernas encogidas para siempre, por los siglos de los siglos, amén. Y es que el teniente de policía, cada vez que andaba de mal genio, lo sacaba del lupanar en donde estuviera tomándose una copita arrinconado tranquilamente en su mesa y, sin motivo ni justificación alguna, se lo llevaba al cuartel y lo castigaba emplazándolo en el cepo durante toda la noche.

«Para que el legañoso se dé cuenta», decía sarcástico el teniente, «lo que es estar tieso en un artefacto de madera como los que él fabrica».

Al cuarto día de estar postrado en cama, cuando el cuadradito corredizo de su calendario colgado de un clavo (con la reproducción de un paisaje campestre lleno de cagarrutas de mosca) enmarcaba la fecha 24 de diciembre de 1931, dos días después de que el pueblo se quedara sin policía, justo la tarde en que el tahúr Tito Apostólico descendió del último vagón del tren de las cinco, Oliverio Trébol se enteró de la traición de su amigo.

Los pocos habitantes del pueblo se preparaban para celebrar la que seguramente sería la última Nochebuena en Yungay, y las ventanas de cada una de las pocas casas habitadas y las vitrinas de los escasos almacenes y tiendas abiertas lucían arreglos de guirnaldas y motivos navideños. Lo mismo ocurría en El Poncho Roto, especialmente en el salón dispuesto

para el encuentro de póquer más esperado de los últimos tiempos: estaba profusamente adornado para
la ocasión.

En el tren, junto a Tito Apostólico, habían subido desde el puerto minero de Coloso varios de los
más connotados jugadores de la provincia, y durante
el transcurso de la tarde arribaron al pueblo, desde
las salitreras que aún humeaban, los pocos jugadores
que todavía resistían en la pampa. Como el Hotel Estación también había cerrado sus puertas, los jugadores tendrían que alojarse en El Poncho Roto. Imperio
Zenobia, además de disponer de habitaciones para
todos, les comunicó alegremente la noticia que esta
vez había chipe libre para jugar lo que quisieran y
hasta cuando quisieran. Yungay, además de no tener
Dios, ahora era también un pueblo sin ley. Y es que,
junto con la partida del teniente de la policía («ya no
tendremos que engrasar más a ese impotente de
mierda», dijo con bronca la madame), se supo que el
juez, Facundo Corrales, aunque estaba reponiéndo-
se de su enfermedad, no iba a volver a retomar sus
funciones. Estaba tramitando su jubilación.

Eran las seis y media de la tarde cuando Morgano llegó a la pensión a ver a Oliverio Trébol. Lo
mismo que los días anteriores, llegó con un engañi-
to bajo el brazo. Esta vez era una caja de Ambrosoli,
de esas de lata, a cuyos costados se repetía el graba-
do de una campiña inglesa donde campeaba un cas-
tillo del medioevo, con sus almenas, sus torres y sus
puentes levadizos. Oliverio Trébol le pidió que abriera la caja al tiro para probar uno; es que él de niño
nunca había podido comer todas las golosinas que
hubiera querido. Después, con el caramelo en la bo-

ca, le contó sonriendo dificultosamente que Malarrosa había estado por la mañana y que se le había ocurrido hacerle beber doce cucharaditas de agua a las doce justas del día, costumbre que, según ella, practicaba su abuela Rosa Amparo y que era un santo remedio para sanar toda clase de males y dolencias. Del cuerpo y del alma. «Hágalo todos los días y verá como se va a sentir bien, don Oliverio», le había dicho. Y le mostró, además, el dibujo de un canario que la niña le coloreó en un trozo de cartulina y que había puesto en el clavo del calendario.

Y, a propósito de Malarrosa, Oliverio Trébol le preguntó por su amigo el jugador. «No ha venido a verme en todos estos días», dijo. Aunque, claro, él entendía perfectamente que no estuviera de muy buen ánimo como para venir a visitarlo, pues lo había hecho perder toda su plata, y seguramente a estas horas se estaría quebrando la cabeza pensando qué vender para estar en el juego de esta noche. Tanta ilusión que le hacía esa partida de póquer con Tito Apostólico.

Entonces, Morgano no se aguantó más y le soltó la verdad de un sopetón, lo que todo el mundo en Yungay ya sabía y era el comidillo obligado en El Poncho Roto y en las dos o tres tabernas que quedaban en el pueblo: que en verdad, Saladino Robles no había perdido un peso en la pelea, sino todo lo contrario, había obtenido un montón de ganancia con su derrota, pues había apostado en su contra. «Y lo más grave de todo, mi trébol de cuatro hojas», le dijo Morgano, tomándole las manos, «es que el cojo maldito sabía perfectamente de los clavos de línea con que peleó el pulpero Santos Torrealba, y no lo alertó ni hizo nada al respecto».

Oliverio Trébol, con su segundo caramelo a medio desenvolver, se lo quedó mirando como se miraría a un loco aparecido de improviso en la habitación. ¿Había oído bien?

«Sí, mi Bolas, es tal cual se lo estoy diciendo».

Que se fuera a la mierda, le dijo el peleador, que no viniera a decir payasadas. Su amigo no podía haberle hecho eso. No, señor, de ninguna manera. Por si el maricueca lo ignoraba, él le había salvado la vida una vez en San Gregorio. Sí, había matado a un hombre por salvarle la vida. De modo que no podía ser verdad lo que estaba diciendo el mariquita pendejo. Enseguida tiró el caramelo al suelo y, aguantando el dolor de la costilla, se incorporó en el lecho, se puso de pie como pudo y, devolviéndole la cajita de Ambrosoli, lo echó de su habitación a empujones. Y que no se asomara más por la pensión si no quería ganarse un soplamocos en lo que se llamaba jeta.

Antes de salir, Morgano le dijo que si no le creía a él, que, por favor, le preguntara a la señora Juventina.

«Ella, como todo el pueblo, también lo sabe», le dijo desde el vano de la puerta.

Oliverio Trébol la cerró con un portazo. El golpe sonó en la casa como un disparo de pistola. Antes de volver a la cama se quedó un rato parado en la penumbra. ¿Sería verdad? Comenzó a recordar algunos detalles. Su cabeza se le convirtió en un torbellino. ¿Y si fuera cierto? Volvió a tenderse lentamente en la cama. El mundo acababa de venírsele abajo como un montón de piedras mal acopiadas.

¡Maricón del carajo!

Eran las once y media de la noche. Saladino Robles, vestido elegantemente, se estaba acomodando en el bolsillo de su paletó uno de sus pañuelos de seda, cuando oyó desfondarse la puerta de calle y sintió que entraba un huracán a su casa. Malarrosa estaba en su habitación, sentada al borde de su cama, abrochándose sus zapatones de hombre, cuando sintió que un terremoto echaba abajo la puerta y que seguramente un gigante entraba bramando a su casa. Saladino Robles y su hija estaban preparándose para partir a El Poncho Roto, cuando sintieron que la casa se venía abajo y al asomarse a la pieza del living vieron entrar a Oliverio Trébol convertido en una fiera.

Saladino Robles apenas alcanzó a ver el brillo de furia en los ojos de su amigo antes de salir huyendo por la puerta que daba al patio, mientras Malarrosa, con la boca abierta, veía pasar al peleador bufando como un toro escapado del camal. En el fondo del patio, junto a la caseta del pozo séptico, la niña vio como su padre era arrinconado contra el cierre de tablas que daba con la casa del Chino de los Perros, era tomado de las solapas como un guiñapo y era levantado en vilo por un enfurecido Oliverio Trébol. Mientras el peleador lo mantenía encumbrado con una sola mano –la otra en alto, empuñada, lista para darle el golpe–, comenzó a preguntarle, casi a gritos a causa de la escandalera de los perros y sin darle tiempo siquiera a responderle, que por qué carajo lo había hecho. Por qué había apostado en su contra. Por qué no le avisó sobre los clavos de línea que tenía empuñados el pulpero. Ahora venía a comprender por qué el guasamaco traidor no lo tocó con su talismán antes de la pelea. Y, claro, ahora también le caía la chaucha de que tuvo que haber sido él no más –no pudo haber sido otro– el que le contó al pulpero Torrealba lo de Morgano.

«¡Por qué crestas fuiste tan cabrón, Salado de mierda!».

Obnubilado por el miedo, a Saladino Robles se le salió casi sin querer que eso le pasaba, compadre, por meterse con maricas.

«Tantas veces que le he dicho que los maricas traen mala suerte».

Oliverio Trébol se lo quedó mirando a los ojos a un jeme de distancia y, con toda la rabia acumulada en sus días de postración, le susurró babeante:

«¡Morgano es mucho más hombre que tú, hijo de puta!».

Y le dio un golpe en el rostro que lo mandó a tierra como a un muñeco de trapo. Al caer, el jugador dio con la cabeza contra las tablas de la caseta del baño y quedó semiaturdido. Cuando el peleador lo iba a patear en el suelo, Malarrosa se interpuso y, con su pequeño cuchillo en la mano y un brillo de decisión inapelable en la mirada, lo amenazó formalmente.

«No le pegue más a mi papá, oiga».

Oliverio Trébol se la quedó mirando maravillado. Sintió la impresión de verla por primera vez. La niña parecía haber crecido de golpe. La expresión de su rostro y la actitud de su cuerpo eran las de una mujer hecha y derecha. Era otra Malarrosa la que tenía ahora frente a él, aniñándose en defensa de su padre y amenazándolo con un cuchillo.

«Tú no te mereces a tu hija», dijo al jugador, sin dejar de mirar a la niña.

Y comenzó a retroceder. Retrocedió simulando miedo ante el valor de la niña (y admirado de su amor al padre), retrocedió dolido por la amistad perdida, retrocedió con su costilla rota agarrada a dos manos, retrocedió hasta la puerta que daba a la cocina. Ahí se detuvo. Se devolvió unos pasos –Saladino Robles había logrado recostarse contra la caseta del baño–, escupió infantilmente al suelo y, apuntándolo con el dedo, le dijo que estaba arrepentido de haber salvado su roñosa vida.

«Debí dejar que ese milico te matara como a una alimaña, que eso es lo que eres».

Entre los obreros que desde las distintas salitreras llegaron a solidarizar con sus compañeros de San Gregorio venía Oliverio Trébol, uno de los mejores «particulares» del cantón. Llegó portando una inmensa bandera roja hecha con la tela de raso de una colcha de cama. Convencido por don Primitivo, un veterano de la guerra del 79 con el que compartía la pieza de solteros en la oficina Valparaíso, se vinieron caminando junto a un grupo de patizorros y tiznados de tendencia socialista. Entraron al campamento cantando canciones libertarias y enarbolando banderas y carteles que exigían los quince días de desahucio para los trabajadores despedidos. Como él era uno de los más jóvenes del grupo, y el más alto y fortachón de todos, le habían pasado la «bandera de la colcha», que era la más grande y pesada.

A las cinco de la tarde, luego del mitin en la plaza, los cientos de obreros, con sus mujeres y sus niños, se dirigieron a la administración a reclamar el pago del desahucio. Cuando la multitud se hallaba frente al edificio y el teniente Argandoña mandó a no atravesar la línea férrea, o de lo contrario ordenaría abrir fuego, don Primitivo le dijo a Oliverio Trébol que la cosa le olía mal, que, por la cara y la posición de los soldados, él estaba seguro de que iban a disparar sus armas. Y cuando estaba recalcando «yo sé lo que le digo, amigazo», se oyeron las primeras descargas de fusiles.

Al ver caer a sus primeros compañeros atravesados por las balas, muchos obreros fueron presa del pánico y, abrazando a sus hijos y mujeres, se desbandaron hacia el campamento. Sin embargo, muchos se rehicieron del primer momento de pánico y gritando insultos contra los gringos de mierda y los soldados traidores al pueblo, se devolvieron a hacer frente a los disparos, temerariamente. Oliverio Trébol, que ondeaba su bandera casi en las primeras posiciones, oyó los disparos y, al instante, sintió el empujón de don Primitivo que se lanzó instintivamente al suelo y lo arrastró con él. Mientras las balas silbaban sobre sus cabezas, sentían a la gente pasar despavorida por encima de ellos en una confusión infernal. En el momento en que los amigos trataban de incorporarse, un obrero se desplomó junto a ellos, herido en una pierna, y al caer azotó la cabeza contra un durmiente de la línea férrea y quedó aturdido. Por el agujero de la bala, que le había perforado el muslo, la sangre le salía a borbotones. Entre el ruido de las descargas, el olor a sangre, el llanto de los niños, los gritos de dolor de los heridos y el polvo levantado por la trifulca de los que querían huir y de los que pujaban hacia adelante, Oliverio Trébol, arrodillado en tierra, rasgó la bandera de un tirón, improvisó un torniquete en la pierna del herido y, ayudado por el veterano, lo cargó sobre los hombros y corrió hacia el campamento detrás de una mujer que llevaba una niña en los brazos y que, entre la confusión reinante, le gritaba que el hombre era su esposo y que, por favor, la siguiera hasta la casa.

El matrimonio vivía en la última corrida del campamento. En la puerta de la casa había aguardando una pareja de ancianos. Luego de acomodar a su marido, que ya había vuelto en sí y se quejaba de dolor, la mujer dejó a la niña con los abuelos y, pese a las recomendaciones de éstos, salió a la calle en busca del doctor. Llegó dos horas después con don Pedro Rivas, el practicante de la oficina. Mientras éste atendía al herido contaba agitadamente que el doctor no estaba en la oficina, y que él solo no estaba dando abasto para atender a tantas personas heridas, muchas de las cuales se estaban muriendo desangradas. A vuelo de pájaro, él calculaba que eran más de setenta los muertos, entre hombres, mujeres y niños, y que los heridos, acomodados en un barracón junto a la pulpería, se contaban por centenares, y que uno de los más graves era míster Jones, el administrador de la oficina.

«Lo estoy manteniendo vivo a pura inyección de cafeína con aceite alcanforado», dijo.

Cuando el practicante se fue, la mujer de Saladino Robles –como se llamaba el herido– contó que una turba de obreros había sacado a golpes al teniente Argandoña del departamento de contabilidad donde se había refugiado (y desde donde seguía disparando y matando obreros), y que frente al edificio de la pulpería, un hombre alto, vestido de traje blanco, que nadie de la oficina conocía, lo mató a barretazos. Y que como los soldados y los carabineros habían huido a la pampa, los dirigentes de los obreros se habían hecho cargo de la farmacia y de la pulpería, y ahora mismo estaban repartiendo los pocos alimentos y medicinas que quedaban.

Don Primitivo, con aires de versado en la materia, dijo que así como iba todo este frangollo, las cosas se pondrían peor de lo que ya estaban. Él, como veterano de guerra, conocía el actuar del Ejército y estaba seguro de que enviarían más tropas de soldados, y que éstos no llegarían pidiendo que, por favor, les dijeran quién mató al teniente Argandoña, sino que entrarían a sangre y fuego, disparando sus armas contra todo lo que se moviera y respirara. Por lo tanto, él aconsejaba que no se trasladara a don Saladino hasta el barracón con los demás heridos, como había aconsejado el «matasanos», sino que lo mejor era que se quedara en la casa, listo para huir en cualquier momento.

Esa noche los obreros de las oficinas cercanas se quedaron a velar en San Gregorio, y al día siguiente, de mañana, se retiraron cada uno a su lugar de origen. De modo que cuando más tarde aparecieron los primeros refuerzos militares, sólo encontraron a los pobladores de la oficina. Los soldados irrumpieron en las calles enardecidos y clamando venganza por la muerte de sus compañeros de armas, se fueron directamente al barracón utilizado como hospital, en donde pasaron a cuchillo a los heridos. Luego tomaron posesión del campamento allanando cada una de las casas. Además de llevarse todo lo que encontraban de valor, apartaban a los hombres de sus mujeres y sus niños y, a insultos y culatazos, se los llevaban a un cobertizo junto a la maestranza, en donde terminaban de rematar a los más insurrectos.

A los obreros que huían hacia la pampa los seguían a caballo, implacablemente, disparándoles y cazándolos como a palomas. «Palomear rotos» era uno de los ejercicios preferidos de los militares cuando subían a la pampa. Sólo algunos lograron escapar y esconderse en otras oficinas. Ese día el número de muertos fue el doble al del anterior. A los pocos obreros que tomaron prisioneros los bajaron después a Antofagasta apiñados en los duros carros de un tren calichero, y como muchos de ellos iban heridos de gravedad, no resistieron y murieron en el fragor del viaje. En tanto, a los muertos –hombres, mujeres y niños– los hicieron desaparecer rápidamente enterrándolos en una fosa común que fue cavada a un costado de la torta de ripios.

Al irrumpir la tropa en la oficina, Oliverio Trébol dijo que lo mejor era hacerle caso a don Primitivo y escapar hacia las calicheras. Cargó entonces al herido sobre su espinazo y salió por la puerta chica de las cocinas, seguido por el veterano. El hombre era de físico esmirriado; por lo tanto, Oliverio Trébol no tenía problemas en trotar con él al apa. Ya en plena pampa rasa se dieron cuenta de que eran decenas los obreros que huían por el desierto en distintas direcciones, muchos de ellos también heridos y desangrándose. Sólo las mujeres y los niños se quedaron en las casas.

Cuando ya estaban cerca de las primeras calicheras sintieron disparos y galopes de caballos. Eran tres soldados que, hacia el lado norte, a cien metros de ellos, perseguían a un obrero disparándole con sus fusiles. Vieron al perseguido correr desesperado, lo vieron caer alcanzado por una bala, vieron como el hombre, arrodillado en tierra, imploraba por su vida, y cómo uno de los soldados lo remataba en el suelo de un disparo.

Después, dos de los uniformados salieron en persecución de un grupo de obreros que corrían por el otro lado, mientras el tercero se venía a todo galope en pos de ellos. Don Primitivo, cansado de correr, se detuvo. Le dijo a Oliverio que siguiera adelante, él se quedaría a esperar al soldado.

«A mí, como veterano de guerra, no me hará nada», dijo. «Hasta puede que yo sea su superior, pues en la campaña de Miraflores fui ascendido a sargento segundo».

Cuando Oliverio Trébol iba llegando a las primeras calicheras sintió el disparo. Giró con el herido sobre sus hombros y ambos vieron al anciano caído en tierra, y luego vieron con horror como el soldado lo remataba, primero con un culatazo y luego con un tiro en la cabeza.

Ya en la calichera, Oliverio Trébol resbaló y cayó pesadamente con el herido a cuestas. Éste le rogó que no lo dejara tirado.

El soldado ya venía por ellos.

Oliverio Trébol vio que algo brillaba con el sol sobre el acopio de caliche, y le dijo al herido que no se preocupara.

«Hágase el muerto, amigazo», le dijo. «Yo me esconderé detrás del acopio».

El soldado tuvo que desmontar de su caballo para llegar hasta el terreno trabajado de la calichera. Sin dejar de apuntar con el fusil, bajó hasta donde estaba el obrero tirado. Parecía muerto. El uniformado, un sargento joven, de rostro alargado y bigotes rubios, se acercó otro poco y lo escudriñó un momento.

«Estás vivo, roto de mierda», dijo con odio. Y aprestó su rifle para disparar.

Entonces, sobre la pirca de piedra apareció Oliverio Trébol revoleando un macho de veinticinco libras, tal como se hacía con el lanzamiento del martillo en las Olimpiadas –y como hacían los pampinos a veces en las calicheras compitiendo a ver quién lanzaba el macho más lejos– y se lo arrojó con todas sus fuerzas. La herramienta de acero dio en pleno pecho del militar, que cayó proyectado dos metros hacia atrás, muerto instantáneamente.

Lo mismo que a las piedras, Oliverio Trébol le había reventado el corazón de un solo golpe.

IX

Mientras vierte en un tazón cuatro cucharadas de harina tostada, tres de leche y dos de azúcar, tal y como le enseñó su madre, Malarrosa recuerda los tiempos de cuando era una niñita de tres o cuatro años, allá en la oficina San Gregorio, y su padre llegaba del trabajo, entierrado y maltratado como uno de esos zorros del desierto, muerto de cansancio, pero extrayendo desde el fondo de su ánimo una sonrisa para ella, que lo esperaba en la puerta de su casa de calaminas. «¿Ha comido su cocho, mi Malita?», le preguntaba, besándola y clavándole en la cara las púas de su barba dura. En sus ojos color de puna, desvaídos por el agotamiento, ella veía temblar la redondela azul del horizonte. Mientras comienza a mezclar los ingredientes y luego a verter el agua hervida sobre el potaje, y revuelve lenta y metódicamente («hay que revolver hasta dejar una mazamorra dorada y espesa como el sol», le decía su madre), de pie en la cocina, sin aguantarse las ganas de echarse a la boca el primer bocado de su cocho humeante (la leche materna de su infancia), Malarrosa ve a su padre sacudir su traje sucio de tierra por el porrazo que le dio el peleador; después lo ve lavarse la cara con apenas un unto de agua (hacía dos días que no pasaba el vendedor de agua, y la poca que quedaba en el barril estaba llena de pirigüines), y después lo ve peinarse, pero no con la partidura al lado como lo hacía siempre, sino echando todo su pelo negro hacia atrás, tal como se peinaba Amable Marcelino. Al final, antes de salir hacia El Poncho Roto, donde lo espera el juego más importante de su vida, ve a su padre estudiándose de frente y de perfil ante el espejo de luna biselada, y luego lo oye pedirle, compungido, que saque sus mejunjes para emperifollar muertos y le disimule lo mejor que pueda el moretón de su ojo derecho. Mientras Malarrosa manipula sus pinceles, rozando como sin querer los clavos de su barba mal afeitada, rememora lo feliz que fue durante ese corto período de tiempo en que su padre trabajaba de obrero en San Gregorio, y ella y su madre, las dos recién peinaditas y compuestas, lo esperaban en casa con el lavatorio de loza lleno de agua limpia, y en la mesa, recién preparado –oloroso a tarde de lluvia en el sur, como decía su madre–, su inefable jarrón de cocho a cuchara parada.

Saladino Robles y su hija llegaron a El Poncho Roto a la una de la madrugada. El juego había comenzado pasadas las doce de la noche, luego de que las prostitutas, en medio de abrazos, risas y lágrimas, abrieran los regalos de Navidad que les hizo la madame, los enviados por los clientes más asiduos de la casa y los que se habían hecho ellas mutuamente. Todo esto a los pies de un gran árbol de pascua levantado por ellas mismas a un costado del escenario; árbol en cuya confección trabajaron durante una semana completa en las chirriantes horas de la siesta pampina; las ramas del pino las hicieron con tiras de saco de gangocho que primero deshilacharon, luego retorcieron en alambres y después pintaron de verde con una bomba de insecticida; y como en el pueblo ya no había donde comprar chiches de Navidad, en un conmovedor gesto de epifanía lo colmaron de adornos ideados y creados por ellas mismas: colgaron frasquitos de perfumes, recortaron figuritas de cajas de bombones, colorearon cajas de bebidas con acuarelas, y en corchos de botellas y damajuanas tallaron, a puro cortaplumas, campanitas, ovejas, burritos y toda clase de motivos católicos.

Cuando padre e hija entraron al salón principal, los pocos músicos que quedaban en la orquesta recién habían comenzado a tocar. La paralización de las salitreras también había ido diezmando a la orquesta, pues los músicos, en su mayoría empleados de las salitreras más cercanas –en donde también eran integrantes de los respectivos orfeones–, habían ido quedando cesantes y se habían marchado al puerto. Ahora sólo quedaban el pianista, dos trompetas, un bajo, un trombón y el bongosero, que era también el cantante principal. En los momentos en que padre e hija hacían su entrada, los seis músicos hacían lo que podían con *Perfume de gardenias*, de Rafael Hernández, el Jíbaro, sugestivo bolero que unos pocos clientes, recién entonándose, bailaban lánguidamente abrazados a las prostitutas que, acicaladas de sus mejores trajes y adornos, se veían embebidas y embellecidas del espíritu navideño.

A un costado, ante una ventana que daba a uno de los salones laterales, llamado la Sala de la Lujuria y que era donde se llevaba a efecto el juego, un grupo de curiosos trataba de asomarse para ver al jugador profesional. Como comadres en el despacho de la verdura, cuchicheaban sobre la apostura de patriarca bíblico del tahúr y de la catadura feroz de los dos individuos que le cuidaban las espaldas. No lo hacían diferente los privilegiados que se hallaban dentro de la sala de juego: todos, cual más, cual menos, con sus copas y cigarrillos en la mano, miraban como hipnotizados hacia el lugar de la mesa en donde jugaba el legendario Tito Apostólico (los más disimulados lo hacían a través de los grandes espejos que decoraban la sala). El hombre causaba un respeto y un temor reverencial en el ambiente garitero. Hasta la madame Imperio Zenobia, que esa noche, en su honor, estaba luciendo sus más caras joyas –y su más impúdico escote–, le hacía genuflexiones y se esmeraba en atenderlo como si de jefe de Estado se tratara. Incluso había dispuesto su silla personal en la mesa de juego, una estilo Luis XV preciosa, forrada en felpa de color damasco, que bajé de mis aposentos especialmente para usted, don Tito, hágame el favor.

El tahúr era un hombre que frisaba los sesenta años, llevaba una larga melena encanecida y tenía un rostro huesudo y adusto, tan expresivo como el de un cadáver. Vestido de punta en blanco, concentrado completamente en el juego, no hablaba con nadie ni miraba a nadie que no fueran sus adversarios. Lo único que hacía era fumar. Junto a su vaso y su botella de coñac tenía media docena de cajetillas importadas, todas abiertas, de las cuales iba extrayendo y encendiendo sus cigarrillos, siempre de distinto envase. Y fumaba con una elegancia y una autoridad tal, que el humo parecía formar un blindaje gris en torno a su persona.

El hombre no usaba sombrero, y en vez de corbata lucía una humita color concho de vino que hacía juego con sus zapatos corinto. Cuando desabotonó su

paletó cruzado se vio que, además del cinturón, llevaba suspensores, unos anacrónicos suspensores elasti-
cados, también de color blanco. Sin embargo, lo que
más llamaba la atención en su persona era el grueso
anillo de oro que destellaba en el dedo corazón de su
mano derecha, y que tenía engastada una piedra de
ópalo, color de agua, de bellos reflejos trizados.

Parecía el ojo facetado de un insecto.

Algunos observaban que en verdad, compadri-
to, fíjese usted bien, el brillo de la piedra de su anillo
tenía más expresividad que el de sus propios ojos, que
eran como de metal esmerilado.

Saladino Robles llegó a El Poncho Roto vestido
al más puro estilo de Amable Marcelino. Tras limpiar
su traje de paletó cruzado y maquillar su ojo cárdeno
–el puñete del peleador aún lo tenía medio en el lim-
bo–, había salido de su casa ceñido con el mismo tipo de sombrero que usaba el muerto, calzado con sus
mismos zapatos a dos colores y luciendo sus idénti-
cos pañuelos de seda asomados al bolsillo del paletó,
con su monograma bordado en punto sombra y todo. Exceptuando lo esmirriado de su físico y su apa-
ratosa cojera –que volvía patética la caracterización
de su personaje–, todos sus demás gestos, faciales y
corporales, pertenecían al tahúr asesinado.

Antes de sentarse a la mesa, Saladino Robles se
puso a mirar el juego. Como un amante se refocila
en la belleza de la mujer amada, en el aroma de su
perfume, en el gusto de su boca, en el timbre de su
voz, en la suavidad de su piel, antes de poseerla, él,

antes de sentarse y recibir cartas, quería regodearse y saborear con la vista cada uno de los pormenores de la mesa, cada mueca de los jugadores, cada detalle del ambiente –la luz, la música, los colores– de ese juego esperado por tanto tiempo a lo largo de su miserable vida de jugador de mala muerte. Con sus cinco sentidos engrifados, esa noche se sentía clarividente. Si respiraba muy hondo iba a levitar.

Malarrosa a su lado se había quedado mirando con expresión de arrobo al vendedor de pájaros, que había descubierto sentado también en la mesa de juego. No entendía por qué ese hombre la inquietaba sobremanera. Era algo entre admiración y asombro lo que su figura la hacía sentir. ¿O sería que su embeleso por los pájaros era tanto que se transmitía hacia su persona?

En un momento, mientras en la mesa se barajaban las cartas, el jugador sentado a la izquierda de Tito Apostólico algo le dijo al oído a éste, apuntando hacia Saladino Robles. El tahúr, entonces, alzó la cabeza, exhaló una gran bocanada de humo azul y se lo quedó mirando con gesto divertido.

«Así que tú eres la encarnación de Amable Marcelino», le dijo en un tonito zumbón.

«Así dicen las malas lenguas», respondió Saladino Robles, casi arrastrando las palabras.

Con sorna, Tito Apostólico le dijo que aparte de no tener el corpachón que se gastaba Amable Marcelino, le faltaba el diente de oro y el vozarrón de capataz de fundo. Y, por supuesto, el dedo de la suerte.

«¿O me vas a decir que tú también tienes seis dedos?», preguntó sarcástico Tito Apostólico.

«Algo así», dijo serio Saladino Robles.

«Y ella debe ser la huerfanita», dijo el tahúr, dando a entender que ya en el prostíbulo le habían hablado de ellos dos.

«Mi nombre es Malarrosa», replicó bajito ella, mirando directo a esos ojos que le daban frío.

«De modo que tendré que cobrar revancha contigo», dijo el tahúr, dirigiendo su atención a Saladino Robles y haciéndose el desentendido de las palabras de la niña.

«Será un honor», replicó Saladino Robles con solemnidad, mientras el tahúr volvía a su juego y pasaba completamente de ellos y del mundo.

En ese instante, mientras lo tenía delante, mientras hablaba con el legendario Tito Apostólico, Saladino Robles vislumbró algo que lo descolocó por unos segundos: de súbito tuvo la revelación suprema de que en verdad la plata nunca le había importado un carajo; su verdadero afán, lo que realmente había seguido y perseguido toda su vida, y por lo que habría vendido su alma si hubiese sido menester, era alcanzar alguna vez el honor y la gloria de vencer a uno de los grandes. Convertirse él mismo en un grande. Ser alguien. Causar admiración. Y esta era la oportunidad que le brindaba el destino. Sólo por esto había sobrevivido a tanta miseria y malaventura.

Se sentía inspirado.

La pequeña fortuna que tenía para jugar, ganada en la última pelea de Oliverio Trébol, lo hacía sentir seguro. Ah, si su amigo Bolas estuviera presente para ver su triunfo. Pero qué demonios. En la mesa estaba lo más granado del póquer de la provincia, y ellos iban a ser testigos de su victoria.

Cuando por fin se sentó a jugar (Malarrosa se había ido a secundar a Morgano, que ya se preparaba para su actuación), estaba plenamente consciente de que en esa mesa su vida sufriría un vuelco. El Saladino Robles que se sentaba en esos momentos no era el mismo que se levantaría al terminar el juego.

Eso se lo podía firmar al diablo.

Cuando le dieron cartas, una ráfaga de placidez lo inundó por dentro. Sabía a ciencia cierta que esa noche jugaría como los campeones. Sus rivales lo mirarían como a un victorioso. Le temerían y le seguirían en su juego. Tirarían las cartas cuando él quisiera que las tiraran, igualarían cuando él quisiera que igualaran y apostarían sólo cuando él quisiera que apostaran. ¡Aleluya, hermano!

Mañana sería leyenda.

La noche pasó como un soplo. La sala de juego a ratos parecía arder. Nadie quería abandonar la mesa. El único descanso que tuvieron fue a pedido del propio Tito Apostólico. Le habían hablado tanto de Morgano que no se quería perder el famoso espectáculo.

«Tengo que ver al maricuequita azul del desierto», dijo.

Después de eso el juego ya no se suspendió sino hasta el amanecer, y sólo por una hora, lo justo para ducharse, mudarse de ropa y tomar un rápido desayuno. Aunque lo de ducharse sólo fue una ilusión. Imperio Zenobia se disculpó de la escasez de agua. «No olviden, señores, que estamos en el desierto más seco del mundo», dijo, y los hombres tuvieron que lavarse casi a la manera de los gatos.

Durante el transcurso de la noche, Tito Apostólico le hizo honor a su leyenda. Dio cátedra de cómo se jugaba póquer. Controlaba su juego y se controlaba a sí mismo con una destreza implacable, tanto así que parecía ver a través de las cartas de sus rivales. En verdad, su técnica tenía algo de maña, de arte y de magia. Él no trataba de derrotar a nadie; dejaba que los demás trataran de derrotarlo a él, y todos caían en la trampa, porque todos querían arrebatarle su leyenda.

De modo que los fue desplumando uno a uno. Sin contemplaciones.

Cuando un jugador de los venidos de Coloso, tras haberlo perdido todo, le dio por despotricar contra la suerte diabólica que usted se gasta, caballero Tito Apostólico, sin quitarse el cigarrillo que colgaba de sus labios en la pura flor de ceniza, sin quitar la vista de las cartas que barajaba con una frialdad que infundía miedo, dijo que la suerte, amigos míos, no contaba para nada en el póquer, que era sólo un factor más, como la astucia, como la audacia y, a veces, la temeridad. Un verdadero jugador de póquer debería saber que más importante que la suerte era la estrategia. Sólo los mediocres creían en la suerte.

«No lo olvides nunca», dijo luego, taladrando al perdedor con su mirada turbia, «la suerte es una puta bizca que elige a quien la desprecia».

Al amanecer, cuando suspendieron el juego para descansar un rato, sólo quedaban cuatro jugadores en la mesa: Tito Apostólico, el vendedor de pájaros, un tahúr de Antofagasta y Saladino Robles.

El padre de Malarrosa no se lavó, no se afeitó ni se mudó de ropa. Tampoco quiso desayunar. Apenas probó un bombón de chocolate relleno de licor que su hija le llevó a la mesa. Durante la noche, su amiga Margot le había obsequiado –como regalo de Navidad– una de las siete cajas de bombones que le regalaron sus clientes. Saladino Robles se había olvidado completamente de la fecha santa.

«Te debo tu regalo, Malita», le dijo.

Con el bombón en la boca pidió una botella de aguardiente y se quedó sentado en el bar, esperando a que se reanudara el juego. No sentía hambre ni fatiga. Aunque la euforia inicial se le estaba desleyendo y ya comenzaba a sentirse un tanto defraudado.

Había esperado mucho más de la noche.

Si bien era verdad que no iba perdiendo, tampoco estaba ganando como para volverse loco. Este juego se suponía que le iba a cambiar la vida y sólo había logrado ganar algunos botes pequeños, sin tener que mostrar sus cartas.

Ya clareando el día, mientras la mayoría de las prostitutas de la casa se iban a dormir y los jugadores volvían a la mesa de juego, Malarrosa, atraída por la trifulca mañanera de los pájaros en el patio del prostíbulo, salió a verlos.

No había dormido en toda la noche.

Luego de que Morgano hiciera su número de baile se había encerrado con él en su habitación a conversar sobre el altercado entre su padre y el peleador ocurrido en su casa. Mientras Morgano, sentado a los pies de la cama, cepillaba con devoción su larga peluca plateada –«encargada directamente a Brasil, pues, mi niña linda»–, le confesó lo podrido que se sentía por haberle contado a Bolastristes de la traición de su padre.

«Me siento un vulgar acusete», suspiró.

Malarrosa le dijo que no se preocupara. Ella misma había estado a punto de decírselo a Oliverio Trébol cuando supo lo que había hecho su padre. Aunque ella lo quería mucho, se daba cuenta de que lo que hizo estaba muy mal hecho.

Morgano dijo que Bolastristes debía de estar muy dolido también, pues quería mucho a su amigo; que mañana temprano iría a verlo.

«Antes de que se vaya a Pampa Unión», dijo suspirando.

«¿Lo quieres mucho?», se atrevió a preguntarle Malarrosa.

Morgano se la quedó mirando divertido. Luego reaccionó y, simulando un momento de bochorno, se cubrió la cara con la peluca. Después, apartando apenas los mechones de pelo de caballo, le habló por entremedio, con su mejor voz de mujer fatal:

«Para usar una imagen de tu agrado, mi niña, te diré que es el único hombre que me ha hecho sentir pajaritos a medianoche».

A continuación, cambiando de tema, le dijo que a propósito de escopeta, niñita curiosa, tenía que decirle algo confidencial: él también parece que se iba de Yungay, y no muy luego. La otra noche había oído una conversación entre la madame y uno de los clientes más forrados de la casa, y la oyó decir que le quedaba poco tiempo en este pueblo miserable, que antes de lo que todos se imaginaban se iría con todas sus niñas a la ciudad de Antofagasta.

«Parece que la madame compró un local en el puerto», le confidenció excitado.

Malarrosa se lo quedó mirando desconcertada.

El patio del prostíbulo, cercado de calaminas, era una sola zalagarda de gorjeos. En las decenas de jaulas amontonadas y colgadas por todas partes –hasta en los alambres de tender ropa–, los pájaros trinaban como si el mundo se fuera a acabar. Y el amarillo sol de diciembre trinaba con ellos.

A Malarrosa el canto de las aves la llenaba de regocijo. Continuamente se estaba acordando del pajarito que capturó cuando recién aprendía a caminar, y que sus padres nunca se pusieron de acuerdo sobre si era un jilguero o un canario; mientras su progenitor decía canario, su madre aseguraba que era un jilguero, no por nada, pues, viejo, ella se había criado en pleno campo. Malarrosa sólo recordaba que el pajarito era del color del sol y que sus trinos eran como el frotar de bolitas de vidrio.

Ahora, mientras se ponía a silbar acompañando el gorjeo mañanero de las aves, comenzó a limpiar y a ordenar alegremente las jaulas. Por esa sensación de ingravidez de los que se amanecen sin dormir, le parecía que caminaba sobre esponjas. Pasado un rato, cuando el sol dejaba de trinar y comenzaba a rugir sobre la extensión de la pampa, y la cal de las calaminas aportilladas comenzaba a crepitar por lo ardiente del calor, Malarrosa sintió que alguien la llamaba por su nombre.

Era la voz de un niño.

Se acercó a la puerta que daba al callejón y, a través de una rendija, vio con sorpresa que era Manuel, el pecoso de la oficina San Gregorio. Y andaba en su bicicleta azul. Le abrió la puerta con sigilo –no fuera a oír la señora de la casa– y le preguntó asombrada cómo había dado con ella. Él, un tanto azorado, le contó que había preguntado a varias personas en la calle, dándole su nombre y sus señas, y que alguien le dijo que si era a la hija del cojo Salado a quien buscaba, entonces era seguro que la encontraría en El Poncho Roto, donde se estaba llevando a cabo una partida de póquer. Ella lo miraba con una expresión de extrañeza. Luego, como dando explicaciones, el niño le dijo que como en la oficina no habría exhibición de películas durante varios días, pues las máquinas de don Lucindo se habían estropeado y los repuestos se demoraban harto en llegar desde Antofagasta, él había aprovechado de venir a dar una vuelta por el pueblo, a ver si tenía la suerte de verla. Aunque tenía que volverse al tiro. Y que le traía un regalo de Navidad.

«Es un beso», le dijo.

Malarrosa lo miró de reojo.

El niño se metió la mano al bolsillo de la camisa y extrajo un trozo de cinta de película. Era una serie de cuadros de *El jeque*, donde se veía la escena de un beso entre Rodolfo Valentino, vestido de túnica y turbante, y Agnes Ayres, la actriz que hacía el papel de su amante.

«Es una película romántica», le dijo el niño.

Malarrosa le pidió que le dijera de qué se trataba, y él le contó que era la historia de un jeque árabe enamorado de una dama inglesa. Él la secuestraba cuando ella iba al Sahara con su novio y, aunque al principio ella no quería nada con él, al final, como en todas las películas de amor que él había visto, terminaba enamorándose como una pichoncita.

Malarrosa se guardó el trozo de celuloide y le dio las gracias. Luego se puso a mostrarle los pájaros y a decirle los nombres que ella sabía. En un instante, junto a una jaula de canarios, mientras le contaba del ejemplar que había atrapado cuando niña, él se le acercó un poquito más de lo prudente y, de improviso, en un rápido gesto de gato cazador, le tomó una mano. Ella, turbada, se dejó hacer. Cuando él le tomó la otra mano no supo si eran los pájaros que se habían escapado de sus jaulas o eran sus corazones los que aleteaban en torno a ambos. Se quedaron mirando a los ojos. Los de él tenían el color café de los cerros cercanos. Los de ella eran transparentes como la ilusión.

Cuando el niño, envalentonado, acercaba su boca para besarla, se oyó el grito de Saladino Robles. Parecía fuera de sí.

«¡Mala! ¿Dónde estás?».

Desde antes del amanecer, Saladino Robles había estado perdiendo la calma. Su convicción inicial se le fue diluyendo con la noche. Ya no se sentía en estado de gracia. Luego del descanso para desayunar, y añublado por los vapores del aguardiente, exigió que se jugara sin límites. En la mesa sólo sobrevivían tres jugadores. El último en abandonar la partida había sido el vendedor de pájaros que, borracho como tenca, yacía durmiendo en uno de los sofás. De los tres sobrevivientes, él y Tito Apostólico eran los que más dinero iban ganando. Por lo general, el tahúr jugaba pocas manos, pero en las que jugaba arrasaba.

En el salón, aparte de los jugadores, sólo quedaba un trío de borrachos tumbados junto a don Rosalino, los dos guardaespaldas de Tito Apostólico, Imperio Zenobia, Morgano y cuatro de las más bellas prostitutas, a las que la madame había ordenado que se vistieran de blanco, el color favorito de Tito Apostólico, y se quedaran cerca de la mesa por si a los jugadores se les ofrecía algo más que cartas.

Cuando Malarrosa llegó a la mesa de juego vio que el bote era exorbitante. Y que su padre y Tito Apostólico se hallaban en un mano a mano. El tercer jugador había tirado sus cartas y observaba expectante el desenlace del juego. Su padre había apostado todo su dinero (el que tenía sobre la mesa y el que llevaba guardado en el bolsillo del paletó, que eran todas las ganancias del último tiempo) y el tahúr, a quien no le alcanzó la plata para cubrir la apuesta, con su anillo de oro había completado y pagado por ver.

Y todavía no mostraban sus cartas.

Como ese era el momento esperado durante toda su azarosa vida, Saladino Robles, para asegurar su triunfo, había querido besar su amuleto y entonces se dio cuenta con espanto de que no lo tenía. Se lo buscó por todos lados y no estaba. Lo había perdido. Había jugado toda la noche sin su fetiche, y eso era casi un suicidio. Trastornado, le pidió unos minutos a Tito Apostólico y llamó a su hija a los gritos.

Cuando ella apareció en el salón la tomó por los hombros y le dijo que le hallara su amuleto y se lo trajera enseguida. Que era de vida o muerte.

Tenía los ojos llameantes de los locos.

«¿Y sabes dónde lo perdiste?», le preguntó el tahúr, solazándose de la situación.

Saladino Robles respondió cortante:

«Yo no sé dónde lo perdí, pero ella sabe dónde encontrarlo».

Malarrosa, sin dudarlo un solo instante, salió a toda carrera del salón. Pero en vez de dirigirse a la calle por la puerta principal, se fue por el patio y le dijo al niño que, por favor, lo llevara a su casa en la bicicleta ¡Pero rápido!

Después le decía de qué se trataba.

Pedaleando a todo dar recorrieron las dos cuadras y media que iban desde el burdel hasta su casa. En las calles, ardientes de sol, pasaron en medio de niños y niñas –ellos vestidos de marineros, ellas arrepolladas de organzas– que jugaban con sus flamantes regalos de pascua; ellos con pelotas y palitroques, ellas con muñecas y cajitas de música. Malarrosa, sentada en la parrilla trasera, no se fijaba en nada, llevaba fija una sola imagen en su cabeza: su padre cayendo al suelo en el patio de la casa tras el golpe de Oliverio Trébol.

Ahí nomás se le tenía que haber caído el taleguito.

Llegando a la segunda esquina, mientras le hacían el quite a una niña que jugaba con una pelota de playa, enorme y de colores brillantes –y como equivocada en ese desierto sin agua–, el niño le preguntó a Malarrosa qué le había regalado el Viejito Pascuero. «Nada», dijo ella con desgano desde el asiento trasero.

«Bueno, un trozo de película», rectificó sonriendo forzadamente.

Después iba a preguntar ¿y a ti?, pero se calló. No quería conversar. En lo único que pensaba era en el problema de su padre. Tenía que hallar el amuleto.

Al llegar a la casa, Malarrosa se bajó corriendo, le dijo al niño que la esperara, que salía al tiro. Y se fue directo al patio. Como siempre sucedía, uno de los perros del vecino se había metido a su casa y tuvo que echarlo con un palo. El perro huyó saltando por la parte más baja del cierre de tablas.

Aunque aún no era mediodía, el aire del patio de su casa, y el del pueblo entero, y el de toda la llanura de la pampa, parecía a punto de inflamarse por el calor. Ninguna nube, ni siquiera el planear de un jote, intervenía la pavorosa incandescencia del cielo.

Malarrosa no se demoró nada en hallar el taleguito, estaba junto a la casita del pozo aséptico. Tenía cortado el tirante. Al recogerlo casi dio un grito. Estaba abierto y vacío. Se quedó mirando en su interior con la boca abierta. Luego miró a su alrededor.

Nada.

¡El perro se había comido el dedo!

Y ahora qué hacía. Cómo iba a llegar al burdel sin el dedo de la suerte. Su padre perdería todo su dinero. En su angustia se le cruzó por la mente una idea desesperada: cortarse su propio dedo meñique. A lo mejor, su dedo también traía suerte. Por su padre haría cualquier cosa. Sacó su pequeño cuchillo que guardaba entre la ropa.

La hoja de acero destelló al sol.

Se arrodilló en el suelo y puso el dedo sobre una piedra. La piedra estaba quemante. Puso su cuchillo sobre el dedo. El filo de la hoja sobre su piel le produjo un escalofrío que recorrió todo su espinazo. En la casa del lado los perros no dejaban de ladrar. Malditos quiltros hambrientos. Se acomodó el pelo que se le venía a los ojos y se secó el sudor de la frente con la mano. Ya estaba decidido. Sólo era cosa de cerrar los ojos y hundir el cuchillo. El pajarito de su corazón parecía haber enloquecido. Cerró los ojos con fuerza, apretó el cuchillo en su mano diestra y… entonces oyó la voz de su abuela Rosa Amparo diciendo –como acostumbraba a decir de las ideas de su padre– que esa era una idea «deschavetada». Se quedó un rato absorta, pensando. Claro que sí. Su abuela tenía razón: su dedo seguramente sangraría mucho y la sangre desbordaría el taleguito. Además, era seguro de que al cortárselo se desmayaría de dolor y no podría llegar con él al salón de juego. Arrodillada en la tierra salitrosa del patio no hallaba qué hacer. Los minutos corrían y su padre estaba esperando.

De pronto vio algo en el suelo, cerca suyo, y se iluminó ¡Eso estaba perfecto! Tenía que hacer creer a su padre que todo estaba bien. Que había hallado su amuleto. Estiró la mano, tomó el objeto sin ningún recato y se lo quedó mirando a la altura de la cara: tenía el tamaño del dedo, era cilíndrico como el dedo, estaba reseco como el dedo, y olía mal como el dedo.

«¡Aleluya, hermano!», exclamó para sí, imitando a su padre.

Entonces puso dentro del taleguito el pequeño zurullo de perro, anudó el tirante, se lo colgó al cuello y salió corriendo de la casa. Manuel la esperaba montado en la bicicleta. Sin siquiera cerrar la puerta se encaramó de un envión en la parrilla trasera.

«Vamos», le dijo.

«Se queda la puerta abierta», dijo el niño.

«Aquí no hay nada que robar», dijo ella. «¡Vamos, rápido!».

A mitad de camino, jadeando por el esfuerzo del pedaleo, el niño le dijo que lamentablemente tenía que volver al tiro a la oficina. La dejaba en la puerta del local y se iba. Pero que en unos días más vendría a verla de nuevo.

«Si es que tú quieres, claro».

Ella quería.

En el salón de juego el nerviosismo comenzaba a burbujear como una copa de champagne entre los presentes. Menos en Tito Apostólico. Fumando echado hacia atrás en su alta silla de felpa, hacía tiempo tranquilamente formando argollas de humo y auscultando a su contrincante con un dejo de sorna. Durante toda la noche lo había observado por el rabillo del ojo. Aunque no jugaba tan bien, el rengo de verdad había adquirido todos los ademanes, los gestos y las mañas de Amable Marcelino. Era sorprendente. Realmente parecía su reencarnación.

«Corren rumores de que te quedaste con el dedo de Amable Marcelino», le dijo en un momento, exhalando una perfecta circunferencia de humo azul que fue a desvanecerse en la lámpara del techo.

Saladino Robles no hablaba.

Sin su amuleto se sentía desnudo, desguarnecido, completamente indefenso. Aunque la mano que tenía era inmejorable, le hacía falta el maldito dedo. Toda su seguridad del principio había desaparecido, como se le desaparecía por las mañanas la euforia del alcohol de sus borracheras. Ahora, sin el sortilegio de su taleguito, sentía la araña peluda de la mala suerte pataleando de nuevo sobre su cabeza.

Mirándolo con aire fachendoso, Tito Apostólico le estaba diciendo que para él sólo había dos clases de hombres: los de buen predicamento y los de mal predicamento; y que lo disculpara un poco, pero él creía que usted, amigazo…, cuando Malarrosa irrumpió con el taleguito de cuero de cabra en la mano y la respiración entrecortada.

«Ahora sí que sí, carajo», dijo exaltado Saladino Robles. Y sin siquiera darle las gracias a su hija, sino que, al contrario, profiriéndole un reto por la demora, besó aparatosamente el talego, se lo colgó al cuello e invitó a una ronda de tragos a todos los presentes.

«Tengan buen o mal predicamento», dijo eufórico.

Nadie hizo caso de su convite. Todos se acercaron a la mesa a presenciar el desenlace del juego. Tito Apostólico había pagado por ver y esperaba.

Saladino Robles tomó entonces sus cartas, besó por última vez su taleguito y, sonriendo beatíficamente, las dio vuelta.

Póquer de ases.

Se quedó mirando con satisfacción a su contrincante, indagando algún asomo de expresividad en el bloque de hielo que era el rostro de ese hijo de puta que tenía delante.

Tito Apostólico ni se inmutó.

Del cigarrillo que colgaba de sus labios cayó una roseta de ceniza sobre el abanico de sus cartas ordenadas sobre la mesa. Sopló escrupulosamente, dio una última piteada y aplastó la colilla con el taco de su bota de cuero de mula. Luego tomó las cartas con una parsimonia absoluta, universal, y, mirando a los ojos huidizos de ese pobre lisiado sin destino que se creía un tahúr famoso, hizo el ademán de darlas vuelta, pero, en vez de eso, con su mano libre sacó un arma de fuego enfundada bajo el sobaco y, delante de su hija y de todos los testigos, le descargó dos disparos a quemarropa.

Saladino Robles cayó muerto de espaldas, con silla y todo.

«Nadie le gana dos veces a Tito Apostólico», dijo el tahúr entre dientes. «Menos, un muerto ya oleado y sepultado». Y guardó su enorme pistola con cacha de nácar en la funda de cuero repujado que llevaba bajo el paletó.

Mientras todos se quedaban paralizados de estupor, a una orden suya los dos sujetos que hacían de ángeles custodios retiraron todo el dinero del bote. Y en tanto Morgano abrazaba fuertemente a Malarrosa –que se había quedado con la boca abierta y los ojos desencajados–, el tahúr encendió otro cigarrillo, se incorporó indolentemente de la mesa, se acercó al muerto y, de un tirón, le arrancó el escapulario del cuello.

«Vamos a ver si es verdad que este cojo le cortó el dedo al cabrón de Amable Marcelino».

Abrió el taleguito, metió dos dedos delicadamente y sacó el zurullo. Lo examinó, lo olió, arriscó la nariz y lo dejó caer sobre el pecho del muerto.

«Mierda de perro, suerte de perro», sentenció irrebatible.

Antes de salir del salón, flanqueado por sus dos esbirros, tiró sobre la mesa un par de billetes grandes.

«Su comisión, doña», le dijo a Imperio Zenobia. «Un jugador profesional nunca la deja de pagar».

Al darse la vuelta para salir, Malarrosa se des-
prendió del abrazo de Morgano y con su pequeño
cuchillo, que ya tenía empuñado hacía rato, se le fue
encima por la espalda. Uno de los esbirros la alcanzó a tomar del brazo, le quitó el arma en forma vio-
lenta y la tiró contra el suelo de un empujón.

Cuando los hombres abandonaron el local, y las
prostitutas, a una orden de Imperio Zenobia, corrie-
ron a cerrar la puerta, Malarrosa se arrodilló a abra-
zar a su padre.

Saladino Robles aún respiraba.

Con su pecho manchado de rojo –«igual que las
loicas», pensó Malarrosa como en sueños–, el jugador
abrazó a su hija ansiosamente y, con la mirada ida de
los moribundos, ya faltándole el aire en las narices, le
dijo que no tuviera pena, que su padre le había ganado al mejor; por lo tanto, ahora él era el mejor.

«No lo olvides nunca, Malita», le dijo bo-
queando. «Eres hija del mejor entre los mejores».

Y como no podía ser de otra manera –«es mi
suerte», pensó Malarrosa–, se quedó muerto en sus
brazos como un pajarito.

Y ella sin poder llorar.

X

Mientras veía a su padre ser enterrado, mientras veía cómo se iba cubriendo de tierra, mientras la tierra lo envolvía por arriba, por abajo, por los cuatro costados; mientras sentía que sus propios ojos se iban llenando también de tierra, que su boca, que sus narices, que su corazón de niña se llenaban de esa tierra seca, áspera, salada; mientras entendía que nunca más su padre iba a poder salir desde el fondo de esa fosa, sólo cuatro palabras bullían en su interior, sordas, opacas, como llenas también de tierra: «Mi padre ha muerto». Y porque su padre había muerto pedía silencio. Que enmudecieran las voces, que callaran su silbido las locomotoras, que los burdeles apagaran la música, que los cerros propagaran su silencio mineral y la pampa entera guardara luto, que dejara de blanquear el salitre, que parara de reír el sol con su diente de oro, que dejaran de crujir las piedras, que alguien cubriera los espejismos con un paño, por favor, Diosito lindo. «Mi padre ha muerto». Y porque él era la redondela de su horizonte (como antes lo fue el ruedo del vestido de su madre), ahora, con su ausencia, todo se le ensanchaba, se le desbordaba, se le hacía inabarcable, y ella se quedaba sola en este mundo sin orillas. Cara a cara con la muerte.

De vuelta del cementerio, Malarrosa caminaba flanqueada por Morgano y su amiga Margot. Ambos trataban de consolarla con el arsenal de frases y expresiones dichas y oídas en cada uno de los funerales a los que habían asistido en sus vidas. Ambos hacían hincapié, sobre todo, en que no debía pensar que se quedaba sola en el mundo, de ninguna manera, pues aquí estaban ellos, sus amigos, para protegerla y cuidar de ella. De los dos, Morgano era el que más hablaba. Aunque Malarrosa aún no había derramado una sola lágrima de duelo, el bailarín de charlestón no dejaba de abrazarla y consolarla con sus relamidas locuciones de cura de campo: que su papito estaba descansando en el cielo; que seguramente ya se hallaba sentado a la diestra del Padre Eterno; que allá, junto al tata Dios, se hallaba mucho mejor que en este valle de lágrimas. ¿Verdad que sí, Margot? Y Margot, abrazándola ahora a ella y acentuando melindrosamente su vocecita de muñeca consentida, decía que sí, amiguita mía, que por cierto, que era la purita verdad lo que decía Morga.

Malarrosa, más impávida que nunca, oía y callaba. Sus ojos transparentes parecían no ver. Su mirada parecía haberse vuelto hacia adentro, como la de los ciegos. Sin embargo, en un instante, cerca ya de las primeras casas, mientras caminaban en silencio y el viento le daba suavemente en la cara, comenzó a hablar bajito, como bisbiseando. En un extraño dejo de misterio, y como si conversara con el viento –sus ojos seguían fijos en un punto en el aire–, dijo que les iba a contar un secreto (su expresión era de beatitud): aunque a ella nunca le gustó que su padre jugara a las cartas, le había puesto una carpeta y una docena de sus mazos de naipes en el ataúd. Y es que ahora que era el mejor de todos, seguramente que lo iba a necesitar allá arriba. Aunque la señorita preceptora decía que en el cielo sólo se tocaba el arpa, se cantaban alabanzas y se adoraba a Dios por los siglos de los siglos, yo creo que de pronto se deberán aburrir, ¿no? Entonces, con el permiso del tata Dios se pondrán a jugar a las cartas, pero sin hacer trampas, sin necesidad de tener amuletos, sin que nadie matara a nadie, porque en el cielo nadie perdía, sino que todos ganaban, ¿verdad que sí, Morguita?

Y Morgano, que la miraba con ternura y a todo le respondía que sí, que por supuesto, que tenía toda la razón la niña linda, aprovechó entonces de preguntarle algo que lo tenía en ascuas desde el día anterior. ¿Por qué no había maquillado el rostro de su padre muerto, ella que había acicalado a tantos cadáveres de gente desconocida? Malarrosa, con la misma inflexión de voz y siempre como hablando al aire, respondió preguntando que si acaso no se habían fijado en la expresión de contento que le quedó grabada en el rostro a su padre tras ganarle la mano al tahúr. Por eso mismo no había necesitado maquillarlo.

«Se fue feliz», dijo.

Como aún persistían algunas ráfagas del viento tardero, Margot, después de varias tentativas, logró encender uno de sus cigarrillos negros. Tras exhalar su primera bocanada de humo, abrazó a Malarrosa como abrazaría a una hermana menor y, a modo de confortación, atolondrándose toda, comenzaba a decirle que tu padre, ángel mío, al menos tuvo el consuelo de morir a manos del mejor de los mejores, y no de un pichiruche desconocido como le ocurrió a Amable Mar... cuando algo la dejó muda. No podía ser real la escena que sus ojos estaban viendo. Pero no era sólo ella la sorprendida; toda la gente que caminaba cerca no lo podía creer: veinte metros más adelante, don Uldorico caminaba junto a don Rutilio.

El boticario, vestido de blanco como siempre, y el dueño de la funeraria de negro cerrado y con su maleta de herramientas a cuestas, se toparon en la huella sin querer y habían continuado caminando juntos como si nada; y aunque ambos iban en silencio y sin mirarse, ninguno de los dos hacía nada por apartarse del otro. Ninguno de los dos se retrasaba ni se adelantaba. Al contrario, parecía que ambos trataban de llevar el paso, como esos reos rematados que, aunque presos por causas muy distintas, se buscan mutuamente para caminar y darse compañía en el patio de la prisión. Y en verdad, eso era la pampa para ambos –y para todos–: una especie de prisión abierta.

Margot, que era hija de una bailarina de cabaret del puerto de Tocopilla, suspiró hondamente y dijo –sin explicarse muy bien por qué lo dijo– que su madre tenía toda la razón del mundo cuando repetía que a la vida, hija mía, no había que tomarla más en serio que una pieza de teatro.

«Pero tampoco menos», acotó Morgano, reflexivo.

Atrás, al final de la deshilachada procesión de gente, moviéndose lento a causa de su costilla rota, venía Oliverio Trébol. El peleador había asistido al funeral casi a escondidas y se conformó con mirar a la niña sólo desde lejos. Y es que aún se sentía culpable de la muerte de su amigo. Él debería haber estado en el burdel esa mañana para defenderlo. Ahora, Malarrosa se quedaba sola en el mundo. Sentía pena por esa pobre niña. Él en unos días más se iba del pueblo y ella quedaría en completo desabrigo. A ratos, primero en el velorio y luego en el camposanto, tuvo ganas de acercarse a darle las condolencias. Pero se contuvo. Seguramente, la niña aún estaría resentida con él por el golpe propinado a su padre. Mañana, o antes de irse a Pampa Unión, iría a verla.

Tenía que hablar con ella y pedirle disculpas.

La tarde quemaba sus últimas astillas detrás de los cerros, cuando los acompañantes al funeral –los hombres de traje, las mujeres arrebozadas en sus echarpes negros– llegaron de vuelta al pueblo. Los faroles de gas del alumbrado público aún no se encendían y el crepúsculo empavonaba de oro las calaminas de los techos, dándole al pueblo un halo fantasmagórico. La gente se dispersó rápidamente, cada cual a su casa, y las calles volvieron a quedar vacías, tal como se veían en el último tiempo. Las prostitutas, arremolinadas en torno a Imperio Zenobia –también vestidas de luto–, se fueron directo al burdel. Había que mudarse de ropa y cambiar esa cara de dolientes, niñitas, dijo la madame. Y prepararse para la noche.

En la puerta de la casa de Malarrosa, los amigos trataron de convencerla de que no era recomendable que se quedara sola. Aunque se sabía que el asesino de su padre había escapado en el Ford T hacia la estación Catalina –amenazando e hiriendo al dueño del auto–, seguramente para abordar el tren hacia el sur, y ya se había dado aviso por telégrafo a la policía de toda la provincia, de todas maneras era mejor que se fuera con ellos a El Poncho Roto.

«Por lo pronto a tomar el té, querida», dijo Margot.

Malarrosa les agradeció la invitación, pero por ahora prefería quedarse en su casa. Quería estar sola. Tenía la sensación de que al fin iba a poder llorar. Que lloraría toda la noche. Antes de entrar, cuando ya se despedía, le dijo a Margot si le podía hacer una pregunta.

«¿Tú te llamas Margarita?».

Margot demoró un tanto en comprender.

«Lamento decepcionarte, querida», le dijo sonriendo, «pero Margot es mi nombre verdadero».

Luego, dando una mirada cómplice a Morgano, dijo que lo único cierto de la letra del tango que cantaba el pianista del burdel era ese verso que decía (y lo entonó imitando el histrionismo arrabalero del músico): «Vos rodaste por tu culpa, y no fue inocentemente».

«¿Y no se quisiera ir con nosotras a Antofagasta, amigo Olivo?», dijo Imperio Zenobia, iluminada de pronto por la escena que acababa de presenciar.

Era la segunda noche después del funeral de Saladino Robles. Oliverio Trébol había llegado a El Poncho Roto unos minutos antes de que comenzara el espectáculo de Morgana, la Flor Azul del Desierto. Aunque en el rostro aún se le notaban las marcas de su última pelea, y apenas se podía mover por la venda que ceñía completamente su torso, se había bañado, perfumado y vestido con su mejor traje de parada. No iba al burdel desde antes de su pelea con el pulpero Santos Torrealba. Se extrañó de que hubiera tan pocos parroquianos. Apenas media docena de los habituales y un grupo de mineros borrachos en una de las mesas del fondo.

En su mesa de siempre volvió a extrañarse: el piano ya no estaba; en el escenario sólo cuatro músicos acompañaban el número de baile. Con la música disminuida, algunas luces apagadas y la ausencia de clientes, Oliverio Trébol tuvo la sensación amarga de que el pueblo comenzaba a afantasmarse irremediablemente. Esperó a que Morgano terminara su número de baile –durante el cual no recibió siquiera una miradita de parte del bailarín–, y apenas terminó, le mandó a decir que, por favor, viniera a verlo. Necesitaba hablar con él. Era urgente.

Morgano llegó a la mesa aún ataviada con su traje de mujer, sus guantes hasta el codo y su peluca platinada. Se sentó sin saludarlo. Con un delicado gesto de desgano, extrajo su boquilla de cristal desde el escote, le puso un cigarrillo, lo encendió y, mirando al techo, exhaló una bocanada de humo que la rodeó como un halo azul. Su indiferencia era de un histrionismo exquisito. Oliverio Trébol, cortado por su actitud indolente –el vuelo de sus pestañas postizas lo enervaba–, le dijo que venía a despedirse. En dos días más se marchaba del pueblo. Morgano, en un dejo de abulia digno de la mejor actriz de cine mudo, dejó pasar un momento sin hablar, se miró las uñas, se ordenó un rizo de su peluca platinada, se arregló el escote de su estrecho vestido de satén y, al final, sin mirarlo, hablando en un tono de fastidio total, dijo que su partida no era novedad para nadie, que ya todo el mundo sabía que el caballerito se iba a Pampa Unión. Además, por si no se acordaba, él mismo se lo había dicho la otra vez; por lo tanto, no veía la necesidad de haberse molestado en venir al local.

El peleador tomó un sorbo de cerveza, se limpió los labios con el dorso de la mano y le dijo que lo perdonara por lo ocurrido la otra tarde en la pensión. Ahora se daba cuenta de que había sido muy duro. Es que él siempre había sentido que el finado Saladino era como un hermano. Y le contó algo que no debería contarte, Morguita, pero Malva Martina, la mujer de su amigo, antes de caer enferma lo engañaba con uno y con otro, y él nunca lo supo; nunca supo que su bella mujercita, aunque muy trabajadora, era de esas hembras que no se peinaban para un solo hombre, tanto así que él mismo pudo haberlo traicionado muchas veces con ella; sin embargo, nunca quiso hacerlo. «Para mí, antes que todo estaba la amistad». Por eso se había enfurecido tanto cuando él llegó a la pensión a contarle de su ingratitud. Y acercando más su silla hacia el bailarín, le tomó la mano disimuladamente por debajo de la mesa y le dijo que ahora venía a despedirse y a pedirle disculpas.

«No quiero irme enojado contigo», le dijo.

Morgano lo miró de soslayo. Sintió que los ojos de su peleador tenían esa profundidad de los que acaban de llorar. Y se emocionó.

Además, dijo Oliverio Trébol sin soltarle la mano, para que él lo supiera, ya no se iba a Pampa Unión. Era peligroso, la policía del pueblo lo podía tomar preso por la muerte del púgil. Pero no era sólo por eso que había desistido de irse a ese pueblo. «Lo que pasa es que ya no quiero seguir peleando», dijo.

Morgano cruzó las piernas en un movimiento lleno de sensualidad, se untó los dedos con saliva y se arregló un punto de la media. Luego volvió el rostro y mirándolo de frente por primera vez (apretándole la mano por debajo de la mesa) le preguntó que para dónde se iba entonces, si se puede saber, claro.

«Creo que me iré a Antofagasta», dijo turbado el peleador. Aunque las cosas por allá no estaban muy bien en cuanto a trabajo, ya se las arreglaría de alguna manera.

Justo en ese momento fue que Imperio Zenobia llegó a la mesa a urgir a Morgano para que se cambiara de ropa y atendiera a los clientes, y alcanzó a oír lo último de la conversación.

«¿Así que se va a Antofagasta, amigo Olivo?».

«Así es, doña, este pueblo ya no da para más».

«Y me lo dice a mí, mijito, por Dios», dijo la madame. «Si es sólo cuestión de mirar la clasecita de clientes que van quedando en este pueblo maldito».

«Incluso corre la bulla de que el tren ya no pasará más», dijo Oliverio Trébol.

«Sí, yo también he oído algo», dijo Imperio Zenobia. «Eso ya sería la muerte definitiva de Yungay».

«Como será la de todos los pueblos del desierto», presagió Oliverio Trébol.

Cuando Morgano, molesto por la intromisión de su patrona, se estaba incorporando para ir a cambiarse, uno de los borrachos del fondo, un minero que hacía rato estaba formando batahola, se le acercó por la espalda y quiso manosearlo.

«Quiero ver si es mujer de verdad», dijo baboseante.

Morgano trató de deshacerse de su abrazo, pero el borracho era de corpulencia respetable, y en el forcejeo pasaron a llevar una mesa, causando un estropicio de copas, botellas y jarrones. Oliverio Trébol se paró y, sin decir nada, simplemente agarró al borracho por el pellejo del culo, lo zamarreó en el aire y lo fue a dejar de patitas en la calle.

«Y eso que tiene una costilla rota», le comentó Morgano a la madame, lleno de orgullo.

Allí fue que Imperio Zenobia se iluminó y pensó que el Bolastristes sería el matón ideal de su nueva casa en el puerto. Y le ofreció irse con ellas.

«¿Y no se quisiera ir con nosotras a Antofagasta, amigo Olivo?».

Le confidenció que pronto se irían con monos y petacas. Ya estaba enviando algunas cosas en el tren y, por si él no se había dado cuenta, lo último embarcado había sido el piano. Lo que ella necesitaba, dijo admirando su envergadura, era un hombre fornido como usted, pues, hijo, para que mantuviera el orden en el local adquirido en plena calle Bellavista, el barrio más bohemio de la ciudad. Su local iba a ser el mejor de todos. Allí no le faltaría nada al amigo Oliva. Tendría sueldo, comida y cama asegurada.

«Y además, hijo», le guiñó un ojo la madame, «por si fuera poco, estaría cerca de Morga».

Tres días después del funeral de su padre, justo cuando se celebraba a los Santos Inocentes, Malarrosa se apareció por El Poncho Roto. Eran las siete de la tarde. En una mesa del salón principal, rodeadas de tarros de engrudo, tijeras y pliegos de papel de seda, se hallaban la madame y algunas de sus asiladas –todas desgreñadas y aún en bata de levantarse– confeccionando los florones y las guirnaldas de pared a pared con que adornarían el local para la fiesta de Año Nuevo. Cuando la niña entró al salón, las mujeres se llevaron tres sorpresas en un instante. La primera, ver a Malarrosa ya no enfundada en su memeluco de hombre, sino luciendo un vestido de campana y un peinado de mujer grande. La segunda, que traía un espejo de medio cuerpo cargado a duras penas sobre su cabeza. Y la tercera, que las dejó a todas turulatas, vino cuando la niña, tras bajar el espejo y dejarlo delicadamente arrimado a una pared, se acercó a la mesa y, mirando directo a los ojos de Imperio Zenobia, dijo, a boca de jarro:

«Quiero entrar de puta».

Los últimos tres días se los había pasado encerrada en su casa, sin salir y sin comer. La primera noche, luego del entierro de su padre, había llorado todo lo que tenía que llorar y al día siguiente se sentía como pisando en el aire. «Así deben sentirse los habitantes de un espejismo», pensaba. La segunda noche durmió como un pajarito y al despertar, temprano por la mañana, recordó que había soñado con su padre. En vida casi nunca soñó con él. En el sueño lo veía sentado en su viejo sillón de cuero, completamente desnudo, mezclando las cartas de un naipe con figuras que ella nunca había visto. No eran ni picas, ni tréboles, ni diamantes, ni corazones; más bien parecían dedos, uñas, huesitos, falanges. Luego se daba cuenta de que su padre no estaba desnudo, sino que llevaba la cotona de saco harinero y el pantalón encallapado de cuando trabajaba en San Gregorio. Los rayos de sol entrando por los agujeros de las calaminas del techo lo atravesaban dulcemente, como si él también fuera pura luz. Tras barajar las cartas, las ponía en el piso y la llamaba a ella para que cortara. Corta, Malita, le decía. Ella, como tantas veces se lo había repetido en vida, le respondía que no, papá, que no quería aprender a jugar, cuántas veces tenía que decírselo. Vamos, Malita, corta, insistía él, con una expresión de tristeza que ella no pudo soportar. Y cortaba. Entonces su padre, sonriendo de una manera muy linda, tomaba el mazo de naipes, lo lanzaba al aire en un pase de mago y en el aire las cincuenta y dos cartas se convertían en cincuenta y dos pajaritos de colores que revoloteaban trinando por el interior de la casa mientras ella, loca de alegría, saltaba tratando de atraparlos con su gorra.

Ese día, luego de lavarse las manos y la cara –cosa que no había hecho desde el día antes que mataran a su padre–, se puso uno de los dos vestiditos de popelina que tenía para ir a la escuela (eligió el de lunares azules, que era el más vueludo), y luego se puso a preparar caramelos de azúcar quemada, tal como le había enseñado la preceptora. No sentía hambre ni sed. Sólo tenía ganas de que llegara la tarde para ir donde tenía que ir. Se sentía como en estado de gracia. Ya sabía perfectamente lo que haría, lo que quería hacer por el resto de su vida.

Cuando el aire de la casa estaba todo impregnado del aroma empalagoso del azúcar quemada, y ella se echaba a la boca, aún caliente, el primer trozo de caramelo, golpearon a la puerta. Pensó que eran Morgano y Margot, que de nuevo venían a ver cómo estaba, o si necesitaba algo, como habían hecho un par de veces el día anterior. Pero luego oyó la voz del niño de la bicicleta azul que la llamaba por su nombre.

Lo hizo entrar. El niño no sabía nada de la muerte de su padre. El día que la llevó en la bicicleta, luego de dejarla en la puerta de El Poncho Roto, se tuvo que volver a todo chancho a San Gregorio. Realmente conmocionado por la noticia, no hallaba qué decirle cuando la abrazó para darle las condolencias. Ella lo invitó a comer caramelo. Era todo lo que tenía de almuerzo.

Sentados a la mesa, frente a un pocillo de porcelana lleno de láminas de caramelo, casi no hablaron. Él, visiblemente inquieto, no podía dejar de mirarla; con ese vestido de mujer y sin su gorra se veía distinta. Lo único que contó el niño fue que el repuesto de la máquina peliculera aún no llegaba, y por lo tanto tenía todo el día libre para ir y venir en su bicicleta. Malarrosa le preguntó por la salud del «caballero don Lucindo», el operador del cine. El maestro estaba bien, dijo el niño, sólo un poco triste por lo de la máquina.

Y volvieron a quedarse callados.

En el aire sólo se oía el crujir de los caramelos en los dientes y, de fondo, como colmándolo todo, el zumbido del ecuménico silencio en la hora de la siesta pampina, zumbido que sonaba como el de las aspas de un ventilador detenido.

Al acabarse el caramelo, ella retiró el pocillo y lo metió en el lavaplatos, que no era otra cosa que un tarro de manteca partido por la mitad. Mientras se ponía a restregarlo comenzó a tararear la melodía del tango que el pianista del burdel le cantaba a Margot. El niño le dijo, extrañado, que no la veía muy triste. Ella le respondió que ya había llorado todo lo que tenía que llorar y que, además, su padre, como le oyó decir a alguien en el cementerio, murió en su ley.

«Aunque no lo creas», le dijo, «se fue muy contento de haber ganado su último juego».

El niño le preguntó qué pensaba hacer ahora que se había quedado sola, sin padre ni madre.

«Ni perro que te ladre, como decía mi abuela Rosa Amparo», completó ella, con un extraño tono neutro en la voz. Luego, de una manera irrefutable, dijo que ya tenía resuelto lo que iba a hacer con su vida. Lo había decidido en todo este tiempo que pasó sola en casa. Pero aún no se lo podía contar.

El niño, en un momento, sin saber mucho qué hacer ni qué decir, le ofreció llevarla al cementerio a ver a su padre. Podían ir en su bicicleta. Malarrosa dijo que ya lo había conversado todo con su padre en estos tres días, y que, justamente anoche, él le había respondido con un sueño.

«Y como en el sueño había pajaritos, me parece que está de acuerdo».

Manuel asintió mirándola extrañado. Después, sentado en el sofá destripado de la primera pieza, tras contarle que ahora, en la oficina Castilla y en algunas otras, la gente podía juntar diez cajetillas de cigarrillos Faros y canjearlas por una entrada al cine, Manuel se puso a recordar, sonriendo, la primera vez que se habían visto en San Gregorio.

«Cuando te confundí con un niño, ¿recuerdas?», y le tomó una mano.

Sonriendo a su vez y acercándose más a él, Malarrosa le preguntó si se acordaba de lo que ella le había dicho.

«Que no eras ninguna marimacha», respondió él, sonrojándose.

Acercándose más y mirándolo de manera extraña, Malarrosa le dijo que ahora se lo podía demostrar. Y lo besó en la boca. Al niño se le encendieron todas las pecas de la cara. Luego de un buen rato de besos y caricias decidieron hacer lo que ninguno de los dos nunca había hecho. Malarrosa tomó la iniciativa y empezó a desabrocharle la camisa. Manuel estaba verdaderamente sorprendido de lo sabida que era la niña en esas cosas de grandes.

«Esta noche pienso entrar de puta en El Poncho Roto», dijo de improviso ella, mientras comenzaba a sacarse el vestido y los fondillos. «Pero quiero que tú seas el primero».

El niño se paralizó y se quedó viéndola con la boca abierta.

«Por supuesto que ahora a ti no te voy a cobrar nada», dijo ella mirándolo seriamente.

«¿De puta?», preguntó el niño sin salir de su asombro, pensando que tal vez no había oído bien.

«Sí, de puta».

«Pero si tú eres muy niña».

«Ya cumplí los trece», dijo ella orgullosa.

Aturdido por lo que acababa de oír, así, de sopetón, el niño perdió su seguridad inicial y quedó completamente desvalido. Ella se esmeró en hacerle todo lo que les había visto hacer (desde ensalivarle el oído con la puntita de la lengua) y decirle todo lo que les había oído decir (desde «huachito rico, te comería crudo») a las putas en los burdeles, mientras llevaban a cabo sus prolegómenos sexuales sentadas en las rodillas de sus clientes, o arrodilladas en los rincones oscuros, o de pie contra la caseta del baño al fondo del patio, o en sus propios cuartos en donde tantas veces las había sorprendido fornicando con las puertas abiertas, desnudas como brasas y en las posiciones más inverosímiles. Pero todo fue en vano. Por más que el niño batalló y sudó, atolondrado por las circunstancias, no pudo recobrar su aplomo y ambos hubieron de rendirse a la evidencia de que todo esfuerzo estaría de más. Un rato después, cabizbajo y en silencio (con todas sus pecas apagadas), el niño tomó su bicicleta y se fue. Malarrosa se despidió con un abrazo, pero tampoco dijo nada.

Un incierto sentimiento de culpa la invadió por el resto del día.

Más tarde, peinándose morosamente ante el espejo, dejándose todo el pelo hacia un lado de la cara, tal como hacía su madre a escondidas —«así se peinan las artistas, hija», le decía ella sonriendo nostálgicamente—, Malarrosa se preguntaba qué habría hecho mal con Manuel, por qué no habría resultado, si cuando ella espiaba a las parejas machihembradas en los burdeles parecía ser tan fácil y hacedero.

Cuando al atardecer salió en dirección a El Poncho Roto, todavía iba preocupada.

Tal vez ella no servía para puta.

La noche de Año Nuevo, todo el mundo en el burdel estaba inquieto por el estreno de Malarrosa. Imperio Zenobia había dejado el ritual de su iniciación para después de los abrazos y los brindis con champagne; y, como era supersticiosa, los abrazos y los brindis con champagne los postergó para después de la vuelta a la manzana con una maleta en la mano que, por orden suya, tuvieron que dar todas las mujeres de la casa –ella adelante– para asegurarse de que su próximo viaje no se les aguara.

Aunque Malarrosa quería comenzar a ejercer el mismo día de su llegada a El Poncho Roto, la madame optó por elegir la noche del 31 de diciembre, más que por obvias razones de cábala –«año nuevo, vida nueva»–, por tener algo más de tiempo para que la niña pudiera aprender algunos trucos y malicias de la profesión. Una puta no se formaba de la noche a la mañana, pues, criatura, por Dios; este era un oficio que llevaba toda la vida aprenderlo. Además, por su edad, había que comenzar a mover los santos en la corte para conseguirle papeles falsos. En el puerto la cosa no andaba tan al lote como aquí, y ella quería regentar una casa con todas las de la ley. De modo que en los tres días pasados en el burdel, Imperio Zenobia y las prostitutas en pleno se esmeraron en instruirla y aleccionarla sobre el mejor modo de manejar, embelesar y satisfacer a un macho hambriento.

Lo primero que hizo la madame fue ordenar que la despiojaran, que le restregaran el piñén de codos y tobillos con piedra pómez, que le blanquearan los dientes con ceniza (de la acumulada en la cocina de barro) y, por último, que le cepillaran setenta veces sus greñas de alambre, a ver si se lograba el milagro de volverlas dóciles. Luego le compró ropa nueva: un vestido de raso de color rojo, una blusa de lentejuelas y un par de zapatos de charol, de taco alto, que Malarrosa tardó dos días en aprender a usar sin parecer que caminaba sobre huevos. Margot, por su parte, le regaló algunos collares, aretes y pulseras de los cientos que tenía, y le enseñó a contonear las caderas al caminar, a cruzar sensualmente las piernas al sentarse y a hablar en un susurrante dejo de mujer fatal. La Coña, muy agradecida por lo que Malarrosa hacía con ella cada fin de semana, la llamó a su pieza y le estuvo hablando toda una tarde sobre que a los hombres, mocosita, había que tratarlos y mimarlos como si una fuera su mamá, y que había que cuidarse de los cafiches de cara bonita y melena de cantor, que ésos son la ruina para una niña tan bonita como ella, pues todo lo que harían esas sanguijuelas sería chuparle la sangre y luego dejarla más reseca y sola que un zapato en el techo. «Pero sobre todo, mocosa», le previno maternal la prostituta, «tienes que irte con cuidado con esos redentores con carita de niños buenos que llegan con una flor en la mano diciéndote que una mujer tan bella y sensible como tú, mi reina, no merece estar viviendo esta vida de privaciones, y te ofrecen sacarte del ambiente y ponerte casa, auto y criada; incluso llegan a prometerte matrimonio. Ésos son los peores, mijita».

Morgano, por su parte, luego de contarle, excitadísimo, que habían hecho las paces con el Bolastristes y que se iban juntos a Antofagasta –«anda hecho unas castañuelas», decía la Coña–, se empeñó en enseñarle algunos pasos de baile, a fumar en su larga boquilla de cristal y a exhalar el humo «al estilo exquisito de una cabaretera de París». Además, tuvo la gentileza de instruirla en algunas de sus artimañas personales para tratar a los hombres, y hasta le escribió un recordatorio en la tapa de una caja de zapatos, que Malarrosa, como una aplicada alumna, pegó en la pared, junto a su espejo de luna biselada que había instalado en la pieza que habilitaron para ella:

No sólo hay que dejar al hombre contento,
sino hacerlo volver por otra.

Todos los habitantes del burdel estaban impresionados por la facilidad y la disposición con que Malarrosa aprendía y asimilaba los pormenores del oficio. Lo suyo era una vocación innata. Tenía a todos con la boca abierta. Daba la impresión, como decía de sí misma una de las asiladas que habían desertado de El Loro Verde (una a la que le decían la Reina Isabel), que la criatura había nacido para ser puta lo mismo que una gallina para ser cazuela de ave.

La noche de la víspera de Año Nuevo, cuando ya le habían enseñado lo más que se le podía enseñar en tan corto tiempo, Imperio Zenobia le quiso buscar un nombre de guerra, uno que sonara afrancesado, dijo, pues las putas francesas eran famosas en todo el mundo.

«¿Qué les parece Ninón?», preguntó en voz alta.

Cuando las demás mujeres iban a opinar, Malarrosa saltó como una gata y dijo que su nombre le gustaba mucho y que no pensaba cambiárselo por nada del mundo. Al final, todas estuvieron de acuerdo en que Malarrosa no estaba mal, que era un nombre apropiado para el oficio.

«Ni que te lo hubiesen puesto a propósito, niña, por Dios», dijo convencida la madame.

El rumor de la subasta de una niña virgen había corrido secretamente en el ambiente masculino del cantón. Y esa noche llegó al burdel una pequeña jauría de hombres lobos dispuestos a pagar lo que se les cobrara por ser los primeros en hincarle el colmillo a la ninfa. En su mayoría se trataba de hombres viejos, algunos de los pocos comerciantes que quedaban en el pueblo y un par de administradores venidos de las últimas salitreras en funcionamiento.

Y cuando todos ellos esperaban con cautela que la niña en cuestión valiera realmente la pena, se quedaron fascinados ante su deslumbrante aparición en el salón principal, precedida por una fanfarria de la orquesta (o lo que quedaba de ella). Nadie hubiera dicho que aquella joven de remilgos y actitudes tan sensuales acababa de cumplir recién los trece años. Incluso para los de la casa –aunque cada uno había contribuido en algo a su transformación– fue una verdadera sorpresa verla ataviada de cortesana. Su naciente cuerpo de mujer, que todo ese tiempo había escondido en su amplio mameluco de mezclilla, maravilló a todo el mundo. Hasta Oliverio Trébol, que en esos días se había abuenado con ella, se quedó embobado ante la felina sensualidad de la hija de su amigo muerto. Malarrosa apareció encaramada en sus tacos altos, vestida con su vestido rojo ajustado al cuerpo, peinada con todo el pelo caído a un lado de la cara (no hubo quien la convenciera de peinarse de otro modo) y adornada de todas las joyas de bisutería que le regaló su amiga Margot. Su maquillaje estilo Cleopatra era inquietante, y el color de espejismo de sus ojos lanceolados parecía cambiar de tonalidad según las luces reflejadas en ellos. Cada una de sus maneras revestía una inquietante mezcla de candidez y lujuria; cada uno de sus movimientos, una combinación de impudor e inocencia. A la hora de perfumarse, algunas prostitutas le ofrecieron generosamente sus personales frasquitos de perfumes, nacionales e importados. Y aunque la Lujuria, una

de las mujeres más solicitadas del burdel, le aconsejó
que no perdiera el tiempo usando esas pestilencias quí-
micas y que hiciera como ella: que se untara los lóbu-
los de las orejas con unas gotitas de su propio flujo
vaginal, que eso volvía locos a los hombres, Malarrosa, un tanto anonadada, dijo que tal vez más adelante,
pero que ahora sólo quería ponerse un perfume rico.
Y, luego de oler cada frasquito ofrecido, se quedó con
uno que se llamaba Flores del Campo; aunque no lo
eligió tanto por su aroma, sino porque intuyó al instante que, inspirada por el nombre, ese mismo habría
elegido su madre. De modo que en su paso hacia el
Salón Lujuria –donde se llevaría a efecto la subasta de
su doncellez–, junto al tintineo de sus abalorios, fue
dejando una oleaginosa estela de fragancia que los machos presentes, casi aullando de lascivia, ventearon como el llamado de una hembra en celo.

Uno de los clientes que aguardaba con más ansiedad el comienzo de la subasta era don Uldorico.
Anticipándose a los demás interesados, el fabricante
de ataúdes ya había apalabrado a la madame, y había
hecho una oferta inmejorable. Sin embargo, cuando
estaba por comenzar la licitación, Malarrosa descendió de la pequeña tarima en donde la habían puesto
como a un animal en exposición, miró en abanico a
la decena de pretendientes y, con una seguridad pas-
mosa, se dirigió a la madame para decirle que ella ya
había elegido al hombre con quien se acostaría. Y ante el asombro y la expectación de todos, ahora mirando a la madame, dijo resuelta:

«Con el caballero vendedor de pájaros».

Por unos instantes, Imperio Zenobia se quedó
como alelada. Después reaccionó y, en un sardónico

tonito didáctico, dijo que la disculpara un poco la señorita Malarrosa, pero ella no creía que dicho caballero contara con el capital necesario como para hacer
una oferta razonable por el honor de rasgar la virgi-
nal seda de su himen intacto; además de que su negocio ya era un completo fracaso, Tito Apostólico lo
había dejado en bancarrota.

«Me pagará con una jaula de pajaritos», dijo
Malarrosa, imperturbable.

«Mira, niña», dijo la madame casi mordiéndose los labios, pero tratando de aparentar calma ante
sus parroquianos, de demostrar que controlaba absolutamente la situación, «en esto tú no pinchas ni
cortas. Aquí la que manda soy yo».

«Es el señor de los pájaros o no es nadie», respondió con decisión Malarrosa.

Después, reaccionando, le rogó humildemente,
como si rogara elegir un vestido, que le permitiera
elegir a ella su primer novio. O su «autor», como decía Morgano. O su «perjudicador», como había oído
que lo llamaba la Coña. Y que después de esto –se lo
juraba por su madrecita muerta– le haría caso en todo. Pero ahora quería al caballero de los pájaros.

«Honor que me haces, pequeña», terció emo-
cionado don Rosalino del Valle desde el sofá en que
se hallaba hundido. «Pero si lo que quieres es una
jaula de pájaros, te regalo una sin ningún compro-
miso».

Malarrosa dijo que no la aceptaba como regalo.
Ella quería que los pajaritos fueran su primer pago
en el oficio de «mujer de moral distraída», como decía la señorita preceptora, que Dios tenga en sus san-
tas aulas. Eso le traería suerte.

Todos en el salón estaban atónitos.

Margot se acercó y le dijo por lo bajo que si acaso estaba loca la chiquilla lesa, que no le convenía por nada del mundo que su primer novio fuera ese mastodonte.

«Es un burro», le dijo.

Malarrosa, con el postulado infantil de que primero había que sufrir con la sopa para luego saborear lo dulce del postre, le argumentó que era mejor que la primera vez fuera trabajoso; de ese modo, después todo le resultaría más fácil.

«Además», dijo mirando a Morgano, «el vendedor de pájaros es al único hombre, de los que veo aquí, que puedo imaginar de niño».

Cuando todos pensaban que Imperio Zenobia iba a estallar en una de sus sonadas «rabietas de cabrona menopáusica», como decía Morgano, los sorprendió a todos. Pensando menos en el dinero que perdía ahora que en el muchimal que iba a ganar después con esta mocosa del carajo (que no había que tener los conocimientos de matemáticas de la Coña para calcular que era una verdadera mina de oro), dio por fin su beneplácito.

«Que sea lo que ella quiera», dijo acariciando teatralmente la cabeza de la niña.

Pero cuando en el salón ya se oía el suspiro de alivio de todo el mundo, y la pareja se aprestaba para irse al tálamo especialmente preparado para la ocasión, saltó don Uldorico desde su silla y, con el rostro congestionado, borboteándole una espumilla en la comisura de los labios, rezongó, dirigiéndose a Imperio Zenobia, que con todo respeto, noble señora, él creía que no era justo lo que estaba ocurriendo; él había hecho la mejor oferta y no se le había respetado. Siendo él uno de los más fieles parroquianos de la casa, creía tener más derecho a quedarse con la niña que el mercachifle de pájaros, que era apenas un aparecido. Y mirando a todos con sus ojitos de rata enrojecidos, metió la mano al bolsillo interior de su frac y sacó un enorme fajo de billetes y lo lanzó despectivamente al piso.

«Si quiere más dinero, ahí tiene», dijo casi llorando. «Pero la niña es mía».

Y, totalmente fuera de sí, quiso abalanzarse sobre Malarrosa. Pero Oliverio Trébol ya estaba encima y, agarrándolo por los sobacos, lo levantó en vilo y lo sacó a la calle como si se tratara de un maniquí.

«Si quieres entrar de nuevo», le dijo en la puerta, poniendo su mejor cara de malo, «primero mídete con tu huinchita cabrona, porque vas a salir muerto». Y lo dejó acurrucado en la vereda llorando un lastimoso llantito de perro.

Pasado el bochorno, la madame aprovechó para decir a los que aún no lo sabían, que el joven Oliverio Trébol ahora trabajaba para ella; que era una especie de «protector» de la casa. «Y como se habrán dado cuenta, lo hace muy bien», añadió sonriente. Después invitó a una ronda de champagne y, enseguida, a una señal suya, la orquesta rompió con un alegre chachachá de moda.

Pero no todo estaba resuelto para la pareja, pues cuando el orondo don Rosalino del Valle, atusándose los bigotes de pura lujuria, salía del salón llevándose a Malarrosa, se oyó la voz de Morgano reclamándolo súbitamente, en un agudo grito de potestad:

«¡Don Rosa!».

El hombre quedó paralizado en la puerta.

Morgano se le acercó contoneándose y, con gesto altanero, se le plantó delante, casi pegado a su cara. Sin batir sus pestañas ni nada, le dijo por lo bajo que si era verdad que en su tronco podía posarse una parva de pájaros en hilera, entonces que se fuera despacito por las piedras el pregonero bribón, que tratara bien a la niña. Y, sobre todo, que tuviera la delicadeza de dejar algunos pajaritos afuera, de lo contrario él mismo lo iba a talar de un hachazo.

«Le juro que lo dejo hecho un soprano», remató, ahora sí, agitando sus pestañas lascivamente.

Cuando por fin Malarrosa y don Rosalino desaparecieron rumbo a las habitaciones interiores, Oliverio Trébol, podrido por todo el bochinche de la subasta, se acercó a Morgano.

Traía dos copas de champagne.

Parecía triste.

Luego de ofrecerle una copa, el peleador le confesó que le daba mucha pena por la hija de su amigo.

«Es que yo la he visto crecer desde que era una mocosita de tres años».

Morgano se lo quedó mirando a los ojos, le puso una mano en el pecho y le dijo que no había de qué preocuparse. Malarrosa iba a estar bien. Ella sabía lo que hacía. Además, que le dijera él —«mi peleador corazón de abuelita»— si no se veía a la legua que esa chiquilla había nacido para esto.

«Con ese nombrecito no podía ser declamadora de Amado Nervo», le dijo pizpireto.

Oliverio Trébol, tras echarse su copa hasta verle el poto al Niño Dios, como se decía en las tabernas de la pampa, dijo, dubitativamente, con acento resignado, que al final de cuentas este asunto de prostituirse debía ser hereditario.

«No me vas a decir», abrió los ojos asombrado el bailarín, «que su madre, además de lo que me contaste el otro día, también…».

Que no, le dijo el peleador; pero se sabía que su abuela, Rosa Amparo, había sido llorona de velorio, y a él le parecía, a todas luces, que cobrar por fingir dolor en el lecho de muerte de un desconocido no era muy distinto a cobrar por fingir placer.

«En el lecho y con un desconocido», acotó Morgano.

Primero desapareció el humo; el humo de las salitreras, el humo de los trenes calicheros, el humo de las cocinas de barro; luego desaparecieron los gringos (ya no se veían llegando a los burdeles con sus cucalecos de safari y sus rojas caras de pájaros carroñeros), después desapareció la policía, más tarde desaparecieron los comerciantes –primero los establecidos, luego los mercachifles–, a continuación desaparecieron las putas, y entonces, ineluctablemente, desapareció el pueblo. Y ahí, de pie en la arena, bajo el sol blanco del desierto, nos dimos cuenta de que todos estos años habíamos vivido, habíamos amado, habíamos concebido a nuestros hijos y enterrado a nuestros muertos en un espejismo.

Las últimas en irse fueron las putas. La noche de la víspera de la partida, las mujeres se amanecieron en una fiesta a puertas cerradas, sin hombres, bebiendo, llorando, brindando, cantando y bailando entre ellas. Fue una trapisonda memorable. Al día siguiente, pálidas, extenuadas, embellecidas por el aura del adiós, unas con su neceser, otras con su lírico atadito de chirimbolos –los baúles con sus bienes mayores los habían embarcado en el tren de carga–, salieron caminando por la calle principal del pueblo, rumbo a la estación. Aún achispadas –algunas más bien borrachas como cerezas–, arreboladas todas de coloretes y carmines, se fueron bajo el sol estruendoso del mediodía luciendo sus sombreros con más perifollos y sus vestidos más coloridos –sedas, rasos, céfiros, tafetanes–; se fueron meneando sus traseros galvánicos, girando sus quitasoles, batiendo sus abanicos japoneses; se fueron chillando y lanzando ligas al aire, locas como cencerros; se fueron por el medio de la calle de tierra cantando coplas de doble sentido y llorando ardientes lágrimas sentimentales mientras lanzaban besos y se despedían a gritos de la poca gente que quedaba en el pueblo y que se asomaba a las puertas y ventanas de sus casas como tristes espectros de sí mismos. Todo esto en una algarabía que a los más ancianos les trajo a la memoria el recuerdo maravilloso de algo que ya nadie sabía a ciencia cierta si realmente sucedió o fue uno de los tantos espejismos del desierto: cuando, en lo más agrio de la pampa, una miríada de pájaros en fuga trizó el diamante del mediodía en un estridente remolino de trinos y colores.

El tren se alejaba haciendo sonar su silbato ronco. Malarrosa, con la cara pegada al vidrio de la ventanilla, veía como el pueblo de Yungay, disuelto en la reverberación de las arenas ardientes, parecía azularse a lo lejos… traslucirse… evaporarse… desaparecer en el aire…

Adelante, más allá de los cerros, presentía el mar volando como un pájaro.

XI

En Bellavista, antiguo barrio rojo de Antofagasta, hasta unas décadas atrás aún se contaba el caso de una prostituta que, aunque joven y bella, inspiraba miedo en los hombres. La bulla decía que quien se acostaba con ella moría en el acto –en el acto sexual–, o días después en algún accidente o riña callejera. Se rumoreaba que su primer muerto, cuando ella apenas se encumbraba por los doce años, había sido un empresario de pompas fúnebres, y que fue en una casa de tolerancia de un pueblo del desierto, cuando el hombre, luego de hacerse acreedor al remate de su doncellez, murió en la cama de un infarto cardíaco (algunos decían que había sido ella la que le atravesó el corazón con un cuchillo). Se contaba también de un marica que la había conocido de niña, quien aseguraba que su primera víctima no había sido un funebrero, sino un vendedor de pájaros. Este individuo –que había pasado veinte años en la cárcel tras degollar, por celos, a su amante, el matón del burdel donde trabajaba– decía, además, que el nombre de la joven era Malarrosa y que, tras los primeros galanes muertos, comenzaron a llamarla Malazorra. Según las putas más veteranas del barrio, esta mujer, de maneras un tanto extrañas y signada por la fatalidad, había terminado lanzándose a las aguas del mar. En cambio, algunos azules cafiches ya retirados decían que en verdad la muchacha se volvió a la pampa, a ejercer en una salitrera ahora convertida en pueblo fantasma.

Sin embargo, no faltaban quienes retrucaban que toda aquella historia era falsa, puro cuento, leyendas de burdeles rancios.

Este libro se terminó de imprimir
en el mes de junio de 2010,
en los talleres de Salesianos Impresores S.A.,
ubicados en General Gana 1486,
Santiago de Chile.